문학과지성 시인선 533

울타리의 노래

이설빈 시집

문학과지성사

문학과지성 시인선 533

울타리의 노래

펴 낸 날 2019년 11월 4일

지 은 이 이설빈
펴 낸 이 이광호
주   간 이근혜
편   집 이민희 최지인 조은혜 박선우
펴 낸 곳 ㈜문학과지성사
등록번호 제1993-000098호
주   소 04034 서울 마포구 잔다리로7길 18(서교동 377-20)
전   화 02)338-7224
팩   스 02)323-4180(편집) 02)338-7221(영업)
전자우편 moonji@moonji.com
홈페이지 www.moonji.com

ⓒ 이설빈, 2019. Printed in Seoul, Korea

ISBN 978-89-320-3580-2 03810

이 도서의 국립중앙도서관 출판예정도서목록(CIP)은 서지정보유통지원시스템 홈페이지
(http://seoji.nl.go.kr)와 국가자료공동목록시스템(http://www.nl.go.kr/kolisnet)에서
이용하실 수 있습니다. (CIP제어번호: CIP2019038672)

이 책은 서울문화재단 '2018년 첫 책 발간 지원사업'의 지원을 받아 발간되었습니다.

문학과지성 시인선 533

울타리의 노래

이설빈

시인의 말

어렵고

가렵다

두렵고

마렵다

2019년 가을
이설빈

울타리의 노래

차례

1부

기린의 문

새싹은 새싹으로 자라기 위해
끝도 없이 서로를 타 오르지
나무들은 입안 가득 혀를 빼물지
혀를 삼킨 우리의 식성을 위해
아낌없이 침묵하자고

나는 틈만 나면 잠을 모으지
뿔이 악몽을 한 점에 집중할 때까지
몸의 내륙이 쩍쩍 갈라질 때까지
기린, 우린 벼락 맞는 나무의
가장 위태로운 가지 같아

지구를 굴리는 발과
발보다 앞서가는 눈이 버거워
다음 생은 자전거이거나
거미였으면 좋겠다는 생각

앞발과 뒷발의 무수한 교차로
저마다의 불모가 매달리고

내달리는 엉뚱한 새벽
그런데 첫발은 어디에?

문 없는 광장을 지나
문 잠긴 골목으로
문틀보다 높게
동공보다 깊게
빗금 그으며

번개가 나를 위문한다

폭넓은 지붕

펄럭펄럭 시원하게 웃어주던 언청이커튼을 봉합하며 밤이 말했다. 그래, 다 웃었어? 어항과 밀애하던 고양이처럼 사랑니 곁으로 작은 거울, 글썽이다 저문다. 모두 다 녀갔어?

밤새도록 씹어댔다

헌 입천장에선 녹슨 수도관의 비린 물맛이 났다. 누가 내 부드러운 소파를 잘근잘근 찢어놓았나. 기타 줄을 아무리 튕겨보아도, 오선지에 내려앉은 검은 번개는 날아오르지 않았다.

밤새도록 휘갈겼다

입술에서 종아리로, 복도에서 달로 피가 몰리는 완연한 시간. 발가락으로 움켜쥐는 모래는 부드럽고…… 충만하고…… 단지 그것뿐이었다. 그런데 신발 속까지 따라올 필요는 없잖아. 왜 자꾸 내 바닥을 허공에 띄우는 거야!

밤새도록 내달렸다

투명한 빗줄기를 분지르는 굳은 나뭇가지들 ― 목덜미
에서 파스를 뜯어보면, 폭설에 멱살 잡힌 어린 나무들. 기
껏 풀어줬더니, 고작 겨울에 주눅 들어서야 되겠어? ―
굳은 빗줄기를 분지르는 투명한 나뭇가지들.

　밤새도록 휘둘렀다

　한 줌의 쌀알을 머금고 지붕 없는 욕조에 가라앉는
밤. 먹구름 속에서 산 채로 씹어 먹히는 꼬마전구들. 벼락
과는 허연 이를 드러내며 친밀한 악수를. 음모로 들끓는
수챗구멍에는 고무재갈을 물리며 골목길의 예우를.

　밤새도록 틀어막았다

　나는 빗소리의 애청자란다
　지붕에는 양철 슬레이트를 얹었지

　아버지, 시끄러워서 잠이 안 와요
　지붕을 줄여야 하지 않을까요?

　그렇지, 음악은 지붕이 필요하지 않지

그럼 저는 받침도 필요치 않아요

보세요! 이렇게 지붕 위에서 내달리면……

전 지붕적으로 기록할 만한 폭우였다.

밤새도록 두들겼다

레킹 볼

가장 연약한 부분을 들여다보면
이미 굳어버린 물결을 볼 수 있어
그리고 그 속에 메아리치는
아주 느리고 성긴 균열들을

네가 하나의 목소리로 살아왔다면
이젠 떼어낼 수 없지 네 이름에 따라붙은 길을
피가 굳어 새살이 뒤덮인 헝겊을
네가 우리의 이름으로 살아간다면

그러나 눈보다 먼저 눈뜨는 입술처럼
다시 눈을 감고 서로의 입술을 붙이는 것만으로
우리가 할 수 있는 일부와
우리가 하지 않을 수 있는 전부를 이해할 수 있다면

그러나 모든 길에는 거추장스러운 이름이 따라붙지
길이 시작되기도 전에 혹은 길이 끝난 뒤라도
어떤 표지는 길을 잘못 이끌어
내가 아니라 길을, 길 자체가

피로가 너무 선명해서 잠들지 못한다면
그건 열두 번의 타격 이후일까 이전일까?
우리가 정말 정오 혹은 자정에만 머물러 있다면
시계 걸린 벽과 벽에 걸린 시계가 가리키는 장소는
어떻게 같으면서 다를 수 있다는 걸까?

이리저리 끌려다녔지 결국
내 덜떨어진 생의 균형추는 이렇게
나를 까부수고 있지 안쪽부터 느리게 느리게
망각보다도 느리게
생이 우리로부터 설득력을 잃어가는 속도로

잠이 깊어질수록 천장에 가까워지는 것 같아

잠이 깊어질수록   가까워지는

가까워지는

가까워지는

태양 없이

내 옥탑방 앞에는 빛나는 위성접시
너의 방 창문에는
벽돌과 벽돌들 그리고
키 낮은 담벼락

나의 지붕은 기와지붕
너의 지붕은
지붕 있는 옥탑방
無窮花 흐드러진 화단

나는 화단을 짓밟고
올라가 지붕을 부수고
── 없어
── 없다고

나의 지붕은 무너졌고
너의 지붕은
지붕 없는 옥탑방
無窮花 쓰러진 화단

내 옥탑방 앞에는 폭발한 위성접시
너의 방 창문에는
별과 별자리 그리고
늘어진 TV-케이블

그래도 너는
뽑힌 플러그를 다시 꽂고
폭발한 위성접시를 이어 붙이고
── 계속해
── 그렇게만 해

그래
너의 지붕은 나고
나의 지붕은 없고
나의 지붕은 없다

하지만 너는 또
꺾인 無窮花를 일으켜 세우고

매듭을 묶고, 깨진 기왓장으로
담벼락을 수놓고

나는 다시 한번
화단에서 별자리까지
모든 매듭을 끊고, 소리 없는 폭죽처럼
네 눈의 검은 비명을 목 그으며 달아나고
─그만둬
─다 끝났어
─이제

이제
무릎 꺾인 銀河
울렁이며 다가와
너의 가슴에
무릎에
발등에
─그래……
─그래……

―그래……

머리를 찧는다

쏟아지는 샹들리에

너의 눈꺼풀 그 어두운 담금질에
나는 탈피를 거듭한다
열없이 그을린 채

발목이 닳고 꼬리가 길어지는 빛들
유령이거나 파충이거나
뒷발로 묻고 떠난 무덤과 허물들
까진 앞발을 구슬려 찾아 나선다

너는 그들 가운데 깨어난다 차라리
발굴된다, 네 몸의 시추공에서 검은 물 쿨럭일 때
왕릉이든 방지턱이든 저마다의 굴곡과 명암을
풀로 검댕으로 덧칠하며 버젓이 누워 있다
덜컥, 한 뼘 얼어붙은 공중에서 깨어난다
운전석의 관성을 서둘러 걸치듯이
잠시 나를 걸어둘 허공이 필요하다고
얼굴을 파묻고 생각한다—생각한다 파묻힌 얼굴은
누구인가? 누구의 파헤쳐진 생각인가 너는
보게 된다, 네 감긴 눈꺼풀에 매달린

불 꺼진 나의 골격이 한 층씩
가라앉는 것을

눈 뜨면, 도로의 초록빛 소름이 옮아 붙는다
앞 유리에
너의 이마에
마디 굵은 맥박들
떨어진다, 발작처럼 뒤통수를 꿰뚫는 경적

더 높은 천장이 필요하다!
더 넓은 환기구가 필요하다!

점멸하는 신호등 아래
너른 잎의 읽힌 패들이 고개를 젓는다
그러나 계속 진행하는 밤
패를 돌려라 어둠이 손에 익을 때까지
발밑에선 빗방울들의 축축한 대관식

피고 지고 피고 지고

피고 지고 피우고
지우고
피곤…… 해가 져준다

나의 상한 부분이
감은 눈의 얼룩이 네 눈빛을 넘어선다

레킹 볼 레킹

다물어지지 않는 텅 빈 얼굴이

커튼 뒤에서 제멋대로 펄럭일 때

멀고 깊은 곳에서 출렁이는

성긴 의문과 성가신 충동들

그리고 이어지는 다짐들──가깝고 순진한 이들의 온
정과 악취에서 백 걸음 떨어져 걷기 정확히 백 걸음 눈먼
순수한 이들이 다가와 헐떡이며 서로의 고독을 맛보려
할 때는 벌어진 입 깊숙이 주먹을 밀어 넣기

목에 걸린 사탕을 토해낼 때까지──구덩이에서 스스
로 걸어 나올 수 없지 우리는 전속력으로 부딪히고 꿰뚫
리지 않고는 두들겨 패거나 바지를 벗기지 않고는 멈춰
세울 수도 흙을 털어낼 수도 없는 아이들처럼

가장 단단한 부분을 비춰보면──어느새 발 디딜 수 없

이 짧고 빳빳한 수염들만 들어차버린 길, 머리를 까부수고 나온 쇳덩이들은 맹렬하게 부딪치지 콧김을 뿜으며 뿔이 뒤엉켜 죽어가는 사슴들처럼 이 외로운 난투 끝에 우리는 우리에게서 대체 뭘 끄집어낼 수 있다는 걸까?

그저 자신을 딛고 서 있기 위하여— 끝까지 물고 늘어지기 불안과 피로가 만든 소실점으로 두 눈이 빨려들 때까지 매달리기 사슬처럼 새어 나가려는 한기를 끌어당기며 여러 겹으로 웅크리기 번데기처럼 등이 쪼개져 세상의 끝으로 굳어버린 발자국처럼

이젠 단 한 걸음도 떼어낼 수 없네—피가 돌고 근육이 붙은 가면을 온몸을 진창 구덩이에 비벼대는 동물들처럼 진흙이 굳어 가장 가려운 부분과 함께 부스러질 때까지 또다시 벽돌과 몇 개 그릇으로 쌓여 달그락거리는 곳까지

몸부림치네 그저 몸부림— 우화도 난투도 될 수 없이 피 묻은 얼굴 한 벌을 깨끗이 돌려 입는 나체들처럼 어차

피 다 그렇게 될 걸 알고 있지 않느냐고 큰소리치지 그때
부턴 네 이름도 여럿이 아니야 나와 우리처럼…… 어떤
표지들은 길을 더 황폐하고 외롭게 이끌어 우리가 아니
라 길을, 길 자체가

　　마당이 넓어질수록 집에서 멀어지는 것 같아

　　마당이 넓어질수록　　　멀어지는 것 같아

　　　넓어질수록　　　　　　　　같아

　　　넓어질수록

99.9

아흔아홉 개의 붓자국
아흔아홉 번의 나
단 한 번의 덧칠
한 개의 나
하나의 너

아흔아홉 번의 비상
아흔아홉 개의 빗방울
단, 한, 번, 의 스키드 마크
한 개의 사선
하나의 절취선

하나의 비닐봉지
한 개의 빵
단 한 번의 노을
아흔아홉 번의 바코드
숲속으로 찾아든 가을
아흔아홉 개의 빵봉지

아흔아홉 개의 가로등
아흔아홉 번의 무성의한 묵례
단, 한, 번, 의 진심
한 개의 바통
하나의 라바콘

아흔아홉 번의 애무
아흔아홉 개의 계절
단 한 번의 커튼콜
한 개의 검은 물감통
하나의 흰 붓

하나의
한 개의
단, 한, 번, 의
아흔아홉 개의
아흔아홉째 사랑

나무의 베개

메마른 잎맥을 헤집으며 빛은
끄덕인다, 나를 베고 누운
어둠이 있다고

4월, 불빛은 아득히
내 책상을 송두리째 뽑아
지상 위로 격리시켰다

그해의 가장 커다란 서랍이 열리면
그 아래 작은 기척들은
제 몸을 차갑게 두드리며
더욱 소란한 넓이로 얇게 펼쳐져야 했다
길들인다는 것—길을 들인다는 것
나는 나를 거쳐 가는 모든 도랑에 서명했다
그리고 한 토막의 볕도 들지 않는 기억의 말단에서
또 다른 빛을 일궜다
나의 집요함—꿰뚫린 후광으로

마침내 한 줌의 건초에서 너의 눈빛을 틔웠을 때

내게는 그 작은 불씨를 번지게 할 신비가 필요했다
하지만 안개는 자신을 구름의 실족이라 여기며
제 발목을 분질렀다

베개는 숨이 죽었고
꿈의 수위는 그만큼 높아졌다
하늘에선 의자 끌리는 소리, 구름은 멍든다
그러나 그 추억들의 사인은 내가 아니다
붉은 핵심 근처에 몰려 있는
한 다발 안개의 꽃말처럼
나는 체취마저 지운 지 오래다

이제는 불어오는 바람 없이
내게서 불려가는 바람
지금 흔들리는 것은 하나의 나뭇가지이자
개별적인 나뭇잎들— 저마다의 숲이자
영원으로 내닫는 나부낌 그러나
추락하는 꿈의 헛된 발길질처럼
빛은 곧 사나워진다, 너라는 궤도에서

나는 얼마나 더 헐떡여야 할까
유실된 종착지에 다다르기 위하여
나는 내 확신의 뒷굽을 몇 번이나 갈아야 하는 걸까

덜컹대며 끌어온 물길은 혀끝에서 갈라지고
갈라서고 두 눈은 흐린 의식의 굳은살로
박혀 있다, 돌아누운 창가에서
그해의 가장 멀었던 기억이 닫히면
올해의 가장 가까운 어둠이
내 머리를 밟고 서 있다

몰락의 맛

네가 하프라인을 넘나드는 왼쪽 날개였을 때
누군가 네 얼굴이 새겨진 은화들을 수거하고 있었다

네가 출렁이는 골망처럼 환호성을 내지를 때마다
누군가 네 얼굴이 새겨진 은화들을 으깨고 있었다

네가 오른쪽 카메라를 의식했을 때
전광판에 비친 너의 뻥 뚫린 뒤통수와 마주쳤을 때
누군가 네 얼굴이 새겨진 은화들을 녹여
한 발의 탄환을 만들고 있었다

○

네가 플래시 세례를 받아
안락의자의 늙은이로 다시 깨어났을 때
산성만큼 커다란 네 초상화를 그리던 잡부들은
수염을 그려낼 목탄이 부족하다고 말했다
실은 갑자기 늘어난 네 흰 수염들을 반영하려
초벌한 선산 전체를 다시 한번 불태웠다고 했다

너는 콧구멍 훤히 들여다보이는
달덩이를 올려 보며 파이프를 입에 물었다

○

시간은 맑은 콧물처럼 훌쩍훌쩍 뒤로 흘러
인중이 벌겋게 달아오른 어느 저녁

네가 가지절임을 억지로 삼키는 아이였을 때
어머니의 도마 위에서 사내들은 코가 잘려 나갔다

네가 가지절임에서 질질 새는 물빛으로 잠들 때
코 잘린 사내들은 수면 위로 입술을 띄웠다

네가 물었다
너희의 이름은 무엇이냐?

그들이 답했다
코 잘린 심연이오

핏물 빠진 수련이오

수면에 바싹 다가가서 네가 물었다
그럼 내 이름은 무엇이냐?
바싹 다가선 코에
코 잘린 자리를 맞대며 그들이 답했다
잘린 코들을 지지는 인두요
몸을 버린 창백한 코…… 냄새를 맡아라
기억해내라
기억해내라

○

그렇다, 너는 파이프 없는
두 개의 집을 살았다

달력 없는 집에 돌아오면 네 어머니가
축구화를 뒤집어 넣어주었다
신발장 속에

신발장 속에서
정든 피라미드가 닳고 있었다
남몰래 가지절임을 뱉었던
네 입안에서
네 입안에서
귀뚜라미가 울고 있었다

의자 없는 집으로 돌아가면 네 아버지가
마우스피스를 물려주었다
열기와 침묵 사이로
열기와 침묵 사이에서
관중들의 목젖이 헐고 있었다
어깨를 맞대고 양손으로 거시기를 가린
네 앞니 뒤에서
네 앞니 뒤에서
골키퍼가 떨고 있었다

o

너는 총구가 훤히 들여다보이는
장전된 파이프를 입에 물었다

네가 말했다
그렇다, 이것은…… 냄새가 없다
이것은 파이프가 아니다*

                              잡부들이 말했다
                              그렇습니다!
                       그것은 파이프가 아닙니다!

          창문에 바싹 다가서서 네가 말했다
             이것이 파이프가 아니라면
                이것은 또한……
                가지절임도 아니다

너는 파이프에 불을 댕긴다

파이프는 단 한 번 격렬하게 불을 뿜었고 양 갈래로 뚫린 화장터 굴뚝처럼 네 머리통은 앞뒤 분간이 되질 않아 연기가 오래 머물렀다

비탄과 폭동이 동시에 메아리치며 두개골 같은 성채를 무너뜨리는 동안 굼뜬 장례 행렬은 폭우 속의 굼벵이처럼 잿더미 선산으로 민머리를 들이밀었다 그때 네 싸늘한 귓전에 축축한 코를 박고 심복이 중얼거렸다

뜻을 받들겠습니다 선생님의 마지막을 초상화에 반영하겠습니다 (하지만 어떻게?) 선조께서는…… 닥쳐올 사건보다 열등하지 말라고 하셨지요

잡부들은 무너진 성곽의 돌들로 무덤 위에 탑을 쌓고 네 가죽을 벗겨 만든 북을 매달았다 그러곤 쇠막대로 있는 힘껏 북을 내려치며

선생, 이것은 파이프가 맞지요?

초상화의 눈가가 파르르 떨렸다

* 르네 마그리트, 「이미지의 배반」.

만종

내 머리가 첨탑에 내걸린다. 날 선 시곗바늘이 내 눈을 깎아낸다. 밀어내며 무너지는 목소리. 당신은 피뢰침의 둥지, 폐허를 점지하는 알이었소. 더는 품어줄 수 없소. 굴뚝으로 가시오.

내 코가 굴뚝을 막아선다. 정체된 스모그들이 코를 찌른다. 당신을 완전히 연소할 수는 없었지요. 이제는 빗방울 하나하나, 당신의 그을음이 감겨요. 이곳은 서서히 죄어들고 있소. 서둘러 종탑으로 가시오.

내 혀는 비좁은 나선계단을 구르고 굴리다, 내려오던 천장과 부딪힌다. 무너지며 짓누르는 목소리. 그동안 나는 당신이 딛고 있던 것을 짊어지고 있었소. 하지만 우리는 교차하기 시작했소. 이제 당신이 반동을 견딜 차례요.

목소리는 내 입에 손전등을 물리고 나를 바닥 아래로 아래로, 가라앉히기 시작했다. 동시에 그의 짙푸른 실루 엣이 천장에서 얼룩져 내려오기 시작했다. 나는 그를 붙잡아두어야만 한다. 나는 이곳을 뒤집어야 한다. 나는 가까스로 그의 배꼽을 비추며 말했다.

　내 탯줄은 도화선이오. 다시금 사방으로 타들어가며
중얼거리고 있지요. 나는 당신의 폭발로 뒤집어진 지붕,
목울대요. 내가 다시 올라서면, 이 사건을 목청껏 밝힐
거요!

　어림없지요. 그는 세차게 발을 구르며 말했다. 나는 당
신이 딛고 있는 것의 천장을 딛고 있소. 아시겠소? 우리
를 밝히려면, 당신이 흔들리지 않으려 쥐고 있는 것에 스
스로 매달려야 할 거요. 아시겠소? 아시겠소? 그는 그의
커다란 귀를 나에게 뒤집어씌우고 캄캄하게 캄캄하게,
발을 구르기 시작했다.

　댕강
　댕강
　댕강

끌어안는 손

벼랑에 맺힌
불길한 사과처럼 천진하게
나는 낙하할 것이다
몸부림치는 씨앗에게로

소스라치는 너의 속눈썹에게로 겨울은
그을린 외투 주머니를 탈탈 털어대고
나는 불의 첨탑을 서둘러 완성하고
내가 뉘우칠 수 없도록 짓무른
열매를 위한 허공은 마련하지 않는다

그 끝에 움트는 장미의 장막이
익어가는 사과가 어떻게 피를 흘리는지를
네가 모르게 하고 네가 투명한 종처럼
슬픔의 원주를 터뜨리기 직전에
내가 어째서 뿔 달린 사막이 되어야 하는지를
나도 모르게 하고

모닥불의 손바닥이 피워 올린 사랑이

우리를 벗어나 뉘우치는 불빛
가장 가까이 퍼덕일 때
나를 몰아세운 파도와
파도의 무수한 벼랑을
기꺼이 잊게 할 때
나는 너의 절망이 되고
너는 절망이 삼킨
나의 비겁이 되고
나의 비겁이 되고

우리를 비집고
터져 나오는 난폭한 중심을
우리가 심장보다 깊숙한 뒤에서
단단히 움켜쥘 때 나는
너라는 진앙을 끓어 넘쳐
우리를 안는다

울타리의 노래

1

아이들은
펜스를 짚고 넘어가
좀더 큰 아이들은
펜스를 훌쩍 넘어가
어른들은 점잖게
펜스를 들추고 넘어가
마치 펜스라는 게
치마 속에 있다는 듯이
여기, 나는 펜스에 걸터앉아
모든 걸 넘겨봐

아직도 목초지는 멀고
노래는 혀까지 미치지 못하고
눈썹에 고인 땀방울이
잠깐, 빛을 받아 넘쳐서
먼 지평의 굵은 턱선을 강조하는 시간

아직도 목초지는 멀고
바람이 불 때만 의미를 품는
예민한 솜털처럼
성급한 땀방울 하나
내가 이룬 모든 걸 거꾸로
그늘 속에 드리우고 있어
있지, 목초지는 멀고
아직도 목초지는 멀어

2

내가 이룰 것들이란 다 무엇일까
한 획의 비행운?
점진적인 책갈피의 이동?
열두 개의 그림자 태엽?
노예선의 새로운 깃발?
주머니가 덜 마른 코트?
커다란 굴뚝을 입에 물고

여기, 나는 완강히 버티고 서서
모든 걸 넘겨 보낼 거야
아직도 목초지는 멀고, 맞아
내 검은 장화는 진창에서 얻었지
무릎까지 푸욱 잠겨서
비석에 새겨진 이름에는 이끼가 자라지
입술을 뒤덮는 콧수염처럼

3

아직도 목초지는 멀고
건초지는 발밑에 영원처럼 머물고
노래도 새들도 떠난 둥지에는
느긋한 노을 한 줌
내가 이루지 못한 모든 걸
금빛으로 물들이고 있어
알아, 아직도 목초지는 멀고
나를 가리키던 시간들

내가 될 수 없던 몸짓들
그것들 모두가
내 생의 단위로 자라날 때까지
여기, 나는 펜스에 기대서서
그 모든 걸 굽어봐

아이들은
펜스를 짚고 넘어가
좀더 큰 아이들은
펜스를 훌쩍 넘어가
아기들은
펜스를 기어서 지나가
마치 펜스라는 게
텅 빈 빨랫줄인 것처럼
사람들, 눈부신 속옷들
바람에 멀리 날려가고
목초지만큼 멀어져가고, 나는
여기, 기다란 그림자 되어
펜스를 넘어서는데

하나, 둘…… 눈이 멀어

울타리를 지워가는데

검은 의자

의자는 의자에만 몰두한다

천칭이 반 뼘 치솟고
인칭이 반음 내려가도
쌓아도 의자
쌓여도 의자
생몰년의 해안선만 두터워질 뿐
의자는 의자의 결핍과 과잉을 모르므로
의자의 허공은 찢기거나 불타지 않는다
의자는 그림자에 귀속되지만
의자의 가능성은 목받침과 팔받침이 아니다
의자의 변명은 의자에 앉아서 성립되므로
의자의 부력은 의자인 것이다
의자는 의자를 앉히며
의자의 액자는 의자로 구성된다
의자는 의자의 형태가 아니다
의자에 앉는 자세다
의자에 앉히는 자세다
의자는 일어설 때 가장 무겁고

의자는 내려앉을 때 가장 가볍다

의자는 의자에 타협하지 않는다

의자 넘겨주는 사람

공터에는 활을 거꾸로 겨눈
거대한 흉상胸像이 있다
그리고 활과 활시위 사이
가지런히 늘어선 가로수들을 넘나드는
몇 무더기의 군상들이 있다
건너편에서 보자면 가로수들의 일정한 간격에
그곳의 긴장과 피로는 가려져 있다

군상 안에서 누군가가 나를 알아차린다. 군상 밖으로 나를 끌어낸다. 아냐, 이렇게는 아냐! 나를 끌어내리고 의자를 부수기 시작한다. 그는 누구인가? 다른 군상들이 몰려들어 뜻밖의 공터를 열어준다. 그들은 어떻게 나를 알아보는가?

한낮의 태양은 낯가림이 심하다. 나는 태양에게 내 부서진 다리만큼의 폐허를 열어준다. 아냐, 여기서는 아냐! 그는 나의 폐허를 짓밟는다. 태양을 등지고 짓밟는다. 태양을 짊어지고 짓밟는다. 그는 어째서 내 부서진 다리를 공연하는가?

공터가 기울어진다. 나는 가까스로 손을 뻗어 그를 만류한다. 건너편에서 거대한 손이 솟아난다. 가로수들에서 새들이 떼로 날아오른다. 멈춰, 멈추라고! 그는 나의 멱살을 잡아 공중에 띄운다. 공중의 새 떼가 태양을 그러 쥐고 저편으로 활강한다.

이편의 공터를 메우기 시작한다. 그는 나를 둘러업고 내달리기 시작한다. 흉상의 활시위가 팽팽히 당겨지기 시작한다. 군상들과 가로수들이 일제히 한 점을 향해 당겨지기 시작한다. 거대한 손가락이 공터의 한 귀퉁이를 잡고 빠르게 넘기기 시작한다. 그의 앙상한 다리가 내 두꺼운 그림자 위를 내달리는 속도로

밤은 적중한다.

2부

빨간 호두*

너는 말을 그리고 있다. 말 머리와 말 꼬리는 물론 작은 안장과 휘날리는 갈기까지 그려 넣고 있다. 남에게든 자신에게든 내세우기 좋은 것은 그림자야.

나는 말을 접고 있다. 내 말은 겨우 몸통만 알아볼 수 있다. 무릎만 한 말을 접으려면 세로로 가슴 높이, 가로로 양팔을 쭉 뻗은 너비만큼의 종이가 필요하다. 남을 펼쳐 들거나 나를 덮어두기에 좋은 것은 그늘이지.

마침내 나는 말의 목을 길게 빼낸다. 너는 길게 하품하며 은박지로 비행기를 접고 있다. 그 무엇이 우리를 새벽까지 말을 그리게 하고 말을 접도록 부추겼는지, 이젠 기억나지 않는다.

나는 완성된 말을 세워놓고 한 바퀴 둘러본다. 아무리 봐도, 저수지의 흰…… 개 같은데…… 도와줄까? 됐어, 아무것도 그려 넣지 마. 아무것도? 아무것도!

o

동화책 낭독회. 광대코를 붙인 나는, 무대에 말을 세워

두고 객석으로 내려와, 어슬렁어슬렁 동화책을 낭독한
다. 어느새 너는 내 머리에 올라타서 소곤거린다.

"하루가 끝나가도"
'밤낮으로 숲이 걸어와 나를 빼곡히 에워쌉니다'
(광대코가 떨어진다. 객석의 고깔모자들이 킥킥댄다.
도와줄까? 아무것도. 그려 넣지 마? 그래!)

"아무런 희망이 없는 것 같습니다"
'푸르게'
(너는 은박 비행기를 무대 위로 던진다.)

"그러나 문득 바로 앞에 조용히"
(내가 떨어뜨린 광대코를 붙이고, 너는 무대로 올라선
다. 내 눈치는 아랑곳하지 않고, 너는 은박 비행기를 집어
들고 은박의 글을 읽기 시작한다. 나보다 큰 소리로.)

'숲은 볼륨을 높인다'
"조용히 기다리고 있는 것이 있습니다"

'숲의 갈기에 올라탄 무엄한 새를 집어삼킬 듯이'

(너는 내 말의 머리를 벌리고, 은박 비행기를 말 머리에 꽂는다.)

"밝고 빛나는 모습으로"

(고깔모자들은 달리는 말의 갈기처럼 일어나 손뼉을 친다. 나를 집어삼킬 듯이.)

"내가 바라던 바로 그 모습으로"

(내려앉는 빨간 조명에 너는 뿔처럼 강조된다.)

'네가 두려워하던 바로 그 모습으로'

* 숀 탠, 『빨간 나무』(김영연 옮김, 풀빛, 2002)에서 큰따옴표 부분 인용.

수프 숲 숨

개구리를 토해낸 뱀이
개구리 입속으로 빨려든다
벌목꾼은 숲으로

붉은 책갈피를 펼쳐 보는 저녁
배꼽의 태엽을 거꾸로 돌려 보면
나는 엄마 배 속에서 소화되겠지

수면 위로 끌어 올려진 심해어의 눈알들
인광을 내뿜는 무수한 저녁의 육체들
신경이 퉁퉁 불어서

근육질의 구름은
우르릉우르릉 비석을 갈고 있다
벌목꾼은 검은 매 왈츠*를

이제 검정을 긁어내면 무지개가 맺힐 겁니다
그건 피고름이에요 비명이 울창하던 노을
반달도끼로 도려낸 숲의 싱싱한 내장들

검은 책갈피를 펼쳐 보는 새벽
감전된 새가 창백하게 짖었다
무딘 도끼날에 베어오는 소름
벌목꾼은 늪으로

쥐 먹은 자리를 에워싸는 머리카락들처럼
한데 모여 늪을 끓이는 침엽수들
개구리들의 눈빛을 모아 독기를 푼다

머리통은 굴뚝 위로
몸통은 늪 아래로

개구리 배 속에서 자라난 뱀은
개구리 허물을 벗는다
벌목꾼은 검은 매 왈츠를

* 크리스 가르노, 「Black Hawk Waltz」.

숨 숲 수프

그해 겨울은 폭군처럼 사나웠습니다
등에 칼 맞은 시체들 널린 벌판이었습니다
모두 두 눈 뜬 채 얼어 있었습니다
낮이 성난 횃불을 앞장세워
그들의 흰 털옷을 벗겨 갔습니다

나는 내 잠을 지키고 싶습니다
누가 뭐래도 나는 잠의 상속자입니다
나는 잠을 이루기 위해 무슨 짓이든 할 작정입니다

밤이 수만 개의 창을 들고 몰려와
내게 시체옷을 입히기 시작합니다
잠깐! 나는 그들에게 하나의 이야기를 들려줍니다

제가 이름도 없는 묘비일 때의 일입니다. 저는 숲의 암
시 속에서 스스로 무명새라 불렀습니다. 무명새는 둥지
에서 세 개의 알을 낳고 몇 달 밤낮을 품었습니다. 어느
날, 네번째 알에서 핏덩이가 부화했습니다. 무명새는 곧
장 사냥에 나서며 생각했습니다. 분명 세 개의 알을 낳았

는데 네번째 알을 낳은 기억이 없는데…… 무명새는 숲의 암시 속에서, 그 알을 둥지가 낳은 알이라고 믿었습니다.

밤이 빛나는 창들을 내려놓고 돗자리를 폅니다
먼 숲에서 새소리가 들려옵니다

무명새는 매일매일 사냥에 나섰습니다. 핏덩이는 쑥쑥 자라 털뭉치가 되었습니다. 이윽고 둥지보다 커진 털뭉치가 둥지를 부수고 뛰쳐나왔을 때, 돌아온 무명새는 털뭉치의 등에 올라타 먹이를 주며 생각했습니다. 분명 세 개의 알을 품었는데 네번째 알은 둥지가 낳았는데…… 무명새는 끈질긴 숲의 암시 속에서 깨달았습니다. 털뭉치가 세 개의 알이 있던 둥지와 네번째 알에 대한 기억을 낳았다고요.

나는 슬며시 시체옷을 벗으며 묻습니다
추워요, 낮은 어디에 있습니까?
낮의 횃불이 필요합니다

낮이 성난 횃불을 앞장세워

내 흰 털옷을 벗기기 시작합니다

잠깐! 나는 그들에게 하나의 이야기를 들려줍니다

제가 아직 눈도 못 뜬 무덤일 때의 일입니다. 저는 숲의 암시 속에서 스스로 첫째라고 불렀습니다. 여긴 비좁고 배고파요. 첫째가 작은 방을 부쉈을 때 무언가 푸드덕, 떠났습니다. 넓어진 허기가 첫째를 덮쳤습니다. 여긴 춥고 배고파요. 분명 첫째는 작은 방의 비좁음만 부쉈습니다. 작은 방의 따스함은 부순 기억이 없는데…… 첫째는 숲의 암시 속에서, 그 방을 허기가 부순 방이라고 믿었습니다. 그사이 삼킬 수 없는 돌덩이 세 개를 낑낑, 넘겨버렸습니다. 이젠 피곤하고 배고파요. 그때 무언가 푸드덕, 돌아왔습니다. 허기에 지쳐 입을 벌렸습니다.

낮이 성난 횃불을 내려놓고 군불을 지핍니다

먼 숲에서 새소리가 들려옵니다

첫째는 매일매일 입을 벌렸습니다. 첫째가 입을 벌릴 때마다 방은 자꾸만 죄어들었습니다. 이윽고 첫째가 방을 부수고 나왔을 때, 더욱 커다랗고 눈부신 허기가 푸드덕과 함께 돌아왔습니다. 첫째는 푸드덕을 등에 태우고 입을 벌리며 생각했습니다. 분명 작은 방을 부쉈는데, 더 넓은 방은 내 입 벌린 허기가 부쉈는데…… 첫째는 끈질긴 숲의 암시 속에서 깨달았습니다. 푸드덕이 자신만으로 배불렀던 이 세계의 배꼽을 부쉈다고요.

나는 시체옷에 불을 붙이며 묻습니다
목이 타요, 숲은 어디에 있습니까?
숲의 샘물이 필요합니다

밤낮으로 숲이 걸어와
나를 빼곡히 에워쌉니다
분노한 새소리에 귀가 터질 지경입니다
잠깐! 나는 모두에게 하나의 이야기를 들려줍니다

넷째야, 내 기억을 낳았니?

푸드덕아, 내 배꼽을 부쉈니?

아냐, 나는 무명새고 너는 넷째야

아냐, 나는 첫째고 너는 푸드덕이야

숲의 암시 속에서, 숲의 끈질긴 암시 속에서

푸드덕에게는 없는 이름이 있다는 걸 알았습니다

넷째에게는 자신이 언제나 첫째라는 걸 알았습니다

짙어진 숲의 암시 속에서

첫째는 푸드덕, 떠났습니다

무명새는 네번째 둥지를 버렸습니다

새소리가 멎고

밤낮이 숲속에서 길을 잃습니다

푸드덕

푸드덕

숲속의 주인 없는 샘물이 솟아나

내 등을 깨끗이 씻깁니다

짙어진 숲의 암시 속에서

하나의 뿔로서 나는 침묵을 맹세하고
하나의 씨앗을 숲에게 꾸었습니다
내 잠 속에 싹튼 숲이
푸르게
푸르게
볼륨을 높이는 꿈

숲 밖에서
갓 깨어난 폐허의 울음소리가
내 만개한 배꼽을
덮어주는 꿈

베개는 불능의 거푸집

머리맡의 텅 빈 책장이 말하길,
베개는 불능의 거푸집
새벽마다 손잡이 없는 대가리를 권한다

어제는 무딘 도끼날을 권했다

나는 비 오는 학교
넓은 나무둥치에서 돋아난 새싹
연둣빛 감도는 누런 떡잎이었다
곰곰 솜털 어린 이파리를 갸웃거리며
내 불능의 등고선 너머
운동장 흙탕물 줄기를
숨겨둔 발갈퀴 보듯
내려다보았다

그늘은 누워서 담장을 세우고
수척한 그림자 헛배가 불러가고

머뭇거리는 흰 그림자들 타일러 나는

담장에 발톱이 돋기 전에 나를
지나가 어서, 지나가……

차라리 담장인 것처럼 나는
뒷장 빼곡히 불거진 이름들
깨져 나간 벽돌들 독촉하며 나를
넘겨봐, 어서 넘겨봐!

*

세상과의 멱살잡이는
8차선 육교 난간에 매달려 끝을 보고

제초제 뿌린 담장 안
물 끊긴 수도꼭지가 빙글빙글 묻길,
호루라기 불어줄까?

세상과의 악수는
내 덜떨어진 문고리를 뽑으며 시작되고

시선 밖에서 검은 수문이 열리고
내 조그만 빗물받이 홈통으로
핏발 선 기억들이 역류하던 날
무심코 창가를 바라본 여자는
과도를 떨어뜨렸다

내 어둑해진 옆구리에서는
붉은 기와, 달궈진 구름들
호루라기 소리에 열 맞춰 흘러나오고 있었다

베개는 불능의 거푸집

철제 계단 끝, 열린 문틈으로
톱질 소리 물방울 깨지는 소리
흘러넘치던 7월, 1층 주인집은 비었고
옆구리에선 부러진 열쇠날이 뽑혔다

*

쩔렁쩔렁 가까워오는 맑은 종소리에 나는 연두부처럼
잠겨 있었다. 종소리는 방울뱀 소리로 담을 타 넘어, 문
앞의 신발들을 헤아리기 시작했다. 나는 서둘러 여분의
신발들을 목숨처럼 꺼내놓고, 목이 높은 군화 속에 숨어
야옹야옹 쥐방울을 핥고 있었다. 동네 개들이 짖어대는
통에 부서질 듯 무딘 살을 떨어야 했다.

방울뱀 소리는 허물을 벗고, 대로변 첨탑에 이르러 망
치 소리와 사슬 끌리는 소리로 바뀌었다. 그때 나는 칠
벗겨진 철대문에 귀를 대고, 개들의 짧은 비명과 신음에
목이 매여 있었다.

*

몇 번의 털갈이와 이갈이를 끝내는 동안

길은 넓어졌고 나는 발소리를 지웠다

내게서 살아남은 신발들은 모두

같은 크기의 허물이었다

덜 마른 시멘트, 맞지 않는 발자국마다 고여 있는 얼굴들에

나는 뒷발로 모래를 뿌렸다

동네에선 개 짖는 소리, 더는 들리지 않았다

리만의 악어구두

구두 대신 화분을 신고 돌아온 날
아침에는 네 개의 얼룩으로 번졌고
점심은 중략했으며
소수점 이하의 노을빛에 대해서는
황혼에 대한 애착으로
스키드 마크에 귀를 기울였다
차선은 도로에서나 찾으라는 말을 곱씹으며
최선을 다해 윤곽선을 포기했다
비명을 쌓아서 계단을 오르듯이

단 한 계단
나는 심장보다 높은 혈압의 구두를 신는다

울창한 가뭄
화분엔 모종을 심었고 자갈밭에는 화분을 심었다
허옇게 이가 갈린 삽은 신경통을 앓았지만
변덕스러운 토질 덕에 당도는 높아졌지요

나는 늘 이런 식으로 내 속을 뒤집었다
— 확실히 양말은 뒤집어 신는 편이 부드러우니까

나는 늘 이런 식으로 내 뒤통수를 긁적였다
— 씨앗이 썩어야 흙이 자랄 텐데

단 한 계단
언젠가 이렇게 말할 날이 온다
— 이곳은 별보다 암흑이 귀하군

건설적인 메아리

담장을 넘지 못할 때마다 구두에 정강이를 찍혔고
벌칙으로 실내화를 빨았으며 실내화는
진창의 물기를 빨아들였다 무서운 친화력으로
구두코는 담장의 오줌 냄새를 따라 꿈속까지 쿵쿵거
렸다

그날, 구두를 심고 돌아온 날

눈이 사라졌어 날 노려보던 악어의 눈빛이

허리까지 잠기는 늪지에서

리만은 자신의 가설을 몸소 증명하기 시작했다

뿌리가 구두를 움켜쥘 때의 간절함으로

별빛이 헤엄쳐오는 속도를

계단이 비명을 삼키는 각도로 곱씹으며

단 한 계단

구두가 놓인 층계마다 꼭 맞는 수치로

심장보다 높은 구두가 걸어 나간다

생이라는 가설 밖으로

모든 경사면의 정점에서

벼랑에서

단 한 음계

실내악의 끝과

실외악의 시작처럼

햄스터 철창 갉는 소리

몸살에 걸려 식은 바나나
다섯 개를 먹는다 우유 없이── 주어 없이
다시는 펼쳐 보지 않을 일기만 꾹꾹 눌러쓰면서
이렇게 발전 없이 대략 반세기 뒤에는── 앙다문 입술
덥수룩한 콧수염이나 쓰다듬는 늙은이가 되어 있겠지
억지로 떠맡은 손주의 심각한 일기장이나 굽어보는
앞뒤 꽉 막힌 근엄하고 너절한 천장벽화들처럼
생기를 잃어가겠지, 까진 입천장에서 시들
시들한 백열전구 희뿌연 열기를 쩝쩝대며
영영 앓아눕겠지, 어쩌면 마지막 순간
얼룩덜룩 빛바랜 기억의 슬라이드에서
총천연색으로 이별을 그려낸 외국 드라마 한 장면을
겹쳐 볼 수 있을지 몰라

── 난 그저 작은 선물을 바랐을 뿐이에요! 나는
몰랐지만 결국 내가 바라왔던, 아주 작은 선물을요
── 애야, 넌 아직 삶이라는 포장도 뜯지 못한 게다

벌써 피곤해? 벤치며 베개며 기껏 태워버렸는데

살풍경에 지팡이를 쥐여주는 여름

기어이 집 안까지 끌어오는 아지랑이들

더 타올라봐 우린 네 발바닥을 딛고 탭댄스를 춰줄게

타닥 탁 탁

비가 오다 — *왜 오기만 하는 걸까요?*

비가 내리다 — *무얼 내린다는 걸까요?*

비가 그치다 — *그친 뒤에도 떨어져 내리는 물방울에*

게 다 끝났다고 지껄이는 겁니까 지금

들리는 음악은 「흐르는 물

빛에 대한 유리의 체념」이다 내 악상이 옳은 누군가

이 종양 같은 악보를 따주었으면…… 귓전에서

열을 지어 건들거리는 삼각의 손잡이들, 곧이어

벨이 눌리고 문이 열리고 의자 앉기 게임이 시작되면

누가 앉을까 누굴 걸고넘어질까, 나보다 오래된

내 그림자를 앉혀드리자 배부른 엄마 그림자만큼 더

오래된

놀이터 갔었다며? 겨울밤에 혼자

끌어당긴 탁자에 선을 그으며 멀어지는 손가락들
　그렇게 허옇게 질려서 너, 평생 유리잔이 비추는 빙산
이나 오를래?

　비참은 어디서 오는 걸까— 봄이 다 가도록
　혼자 알을 품던 황제펭귄은 여름이 되자 알을 쪼고
　가랑이에 얼음덩이를 품는다는데, 접힌 우산에서
　발등으로 흘러내린 차가운 물줄기가 바닥을
　바닥을 신은 발바닥들을 축축하게 적시는 사이
　냉담은 어디로 가는 걸까— 내릴 곳을 지나
　버스는 이미 반환점을 돌고 있는데, 나는
　앉거나 서지도 자거나 깨지도 않고 기울어져

　(어렵고 가렵고
　두렵고 마렵고?)

　더 게워내고 싶어 우유를 마셔볼까
　열뜬 내 몸, 빈 병 아득히 하얀 테를 두르고
　없는 내 영혼의 한 모금, 한 모금씩의 신비를 머금고

나 자신을 지새우며

  ─포장을 뜯어보니 인형이 있었지, 인형을 뜯어보니
솜뭉치가 있었고, 솜뭉치를 뜯어보니 음성 장치가······
  ─눌러보니 알라뷰, 뭐 그런 말이 들리던가요?
  ─아니, 여태껏 포장 뜯던 소리가 들렸지 반복해서 뭔
가를 번복하듯이

  나가떨어진 바닥에서 무겁고 무덥고 느리게
  기어 바뀌는 소리─돌멩이와 흙과 피와 뼈와 똥으로
동굴벽화 새기는 소리
  「상처 입은 들소」에 드리워진
  보다 분명한 창槍의 그림자
  보다 두터운 기억의 퇴적층에서
  보다 깊은 악에 받친

두번째 기도의 환승역

벨 좀 눌러주세요
저기요 문 좀 열어주세요
여기 내려주세요
세워주세요
멈춰요
등등
……

더는 내 절망이 갈아탈 이름이 없다

빈 차가 나를 앞지른다

범퍼카는 황야로 간다

24색 크레파스로 떡칠한 일과표, 차가운 체중계 위에 서면 나침반의 눈금이 애틋해진다 휘적휘적 돌아가는 다트판 같은 저녁, 과녁 바깥으로 미끄러지는 자석처럼 부리도 입술도 애정도 없이, 나는 끈덕지게 나불거리는 강바람과 입을 맞춘다

황사이자 미숫가루

쥐방울 소리가 들릴 때마다 소파를 쥐어뜯던 고양이는 장이 꼬여 죽고 터널로 이어지는 철로 위에 화분을 세워두던 괴벽이 사라지고 돌아와 수도꼭지를 돌리면 고무호스에선 조각난 얼음기둥들이 쏟아져 나오고

파리채이자 효자손

우물쭈물 지느러미 놀리다 튕겨 나왔지 작살 맞은 전기가오리는 꼬리를 세우고 별자리와 별자리의 어둠을 짊어진다 과적한 운명을 불태운다 그렇게 울먹인다 입 돌아간 냉동 가자미도 고압전선에 줄줄이 감전당하는 기러

기 편대도 첨탑마다 시뻘겋게 달아오른 십자무늬 그릴도
내 삶은 행주 같은 운명을 거스르진 못한다

유동하는 피뢰침이자 황야의 범퍼카

사막은 홍수가 잦고 홍수는 사막을 게워낸다 내 속에
게워낸다 불타는 공깃돌이자 거인들이 뛰노는 트램펄린
위의 난쟁이, 그렇게 놀아난다 이렇게 토로한다 글썽이
는 별, 하나 그어버리고 가지마다 다른 종말이 피어나는

뿔과 뿌리의 방향을 맞바꾼다

그의 피 한 방울을 나는 약속받았다
—자코의 말을 받아 적는다

빗방울 하나가 그의 피 한 방울
빗방울 하나가
그의 피 한 방울

나의 땀 한 방울, 닿지 않은 그 길을
나는 받아 적는다

빗방울 하나에 핏빛으로 물드는
나의 종소리 한 방울

핏방울 하나가 나의 종소리 한 방울
핏방울 하나가

나의 종소리 한 방울, 닿지 않는 이 아득한 길
내 어깨에 빗방울
하나가 말했다

수직은 나 하나면 충분해
수직은 나 하나면 충분해 그러니까……

그 목소리에 핏방울
내 혀끝까지 피를 돌게 하고

받아요, 이 리듬이 풀리기 전에 불타기 전에
받아요, 당신 머리 위로 떨어지는 빗방울이
내 부끄러움의 너비를 넘치기 전에
나는 송곳니로 혀를 깨물어
받아 적는다
받아 마신다

빗방울 하나하나
그에게로 이어진 선로를 차근차근 두드리고
핏방울 하나하나
그가 드러누운 수평을 두근두근 짓밟을 때까지

나는 받아들인다 소리 없이 ─ 맺히는, 비명 지르는,
받아 적는, 받아 적시는, 너의 모든 핏빛 장면을 천천히
되감는, 불멸의 피고름으로 휘감겨 비명으로 받아치는

그의 핏빛 메아리를─나는 빨아들인다

불안의 탄생석

처음으로
누군가 말했다

여길 봐, 우리가 무얼 딛고 서 있는지
커다란 바위가 있고 작은 돌들이 있어
커다란 바위 둘레를 맴돌면서
어떻게든, 옮길 생각을 하면서
우리는 죽을 때까지 함께일 수 있다
그러나 작은 돌들을 걷어차면서
어쨌든, 치워버릴 생각을 하면서
우리는 너 나 할 것 없이
두 손 다 썼다고 여기면 먼저 떠나는 거다
아마 죽을 때까지 어긋나겠지

누가 먼저 말했건, 그건
더는 처음의 문제가 아니었다

첫번째
빗방울 떨어진다. 빗방울을 끌어 내리는 손은 더 가벼

운 빗방울들이다. 빗방울들. 작은 창에 게으르지만 분명하게, 내 뒤틀린 의식 위로 또 다른 흐름을 보태며 방점을 찍으며, 애써 가라앉힌 닻을 끌어 올린다. 닻을 끌어올리는 손들은 더 무거운 닻이다.

처음에 덧붙이며

눈뭉치가 구른다

처음인 것처럼

두발자전거를 탄다. 오르막길. 자전거에서 내린다. 네발자전거가 되어 나는 언덕을 끌고 있다. 내가 끌고 있는 것은 언덕이 아니라 단지 내 시선이다. 그 누가 한 번도 앞지른 적 없는 것처럼 안경을 닦는다. 그 누가 한 번도 뒤를 봐준 적 없는 것처럼 성냥을 긋는다.

처음에는

그것이 보인다, 아직도 묻히기를 거부하고 허공에 붙들린 채 또 다른 경이의 교각으로 떠 있는, 전신주가 보인다. 높은 전압을 부여잡은 양 극지의 긴장과 그보다 질긴 피복으로 감싼 정차 없는 흐름. 흐름? 순환. 성긴 건물들 사이를 무정형으로 누벼낸 풍경들, 서로의 몸속으로 쑤셔 박은 배관들을 나는 언덕에 박힌 채 내려다본다. 비탈길. 비탈길? 가속 구간.

다시 처음에 덧붙이며
눈덩이가 구른다

언제나 처음인 것처럼
머리맡에 냉장고를 두고 잠든다 누군가 10년째
같은 시각, 같은 자세로 냉장고 문을 연다
내용물은 모른 채 그것을 나눠 품은 비닐들
기한 지난 쇠잔한 눈빛들 푸르게
푸르게, 발등으로 떨어진다 그러나
그 발은 아무것도 꺼내지 않고 문을
닫는다, 반쯤 덜 녹은 눈빛 열렸다가
닫힌다

처음으로부터

윙윙거리며 공명한다…… 벌 떼가 비상하는 꿈…… 낡
은 선풍기…… 말벌이 되는 꿈…… 라디에이터…… 벌
떼가 덮치는 말벌이 되는 꿈…… 물이 새는 보일러……
내 꿈이 너의 꿈에 침수되는 꿈…… 따뜻해……

힘껏 삼아 던진 고무 농력기
힘줄 끊어지는 소리, 귀가 기울어진다
수평이 무너진다 내가 딛고 있던
매듭이 끊어진다

또다시 처음에 덧붙이며
눈사태, 눈사태? 눈사태에 이은
산사태, 팔다리 수십 개
눈덩이마다 박혀 있다
눈덩이는 수천 개

처음이 어려운 것이다
냉장고 문짝에서 자석이 떨어진다
한기에 파묻힌 내 이마로

차가운 빛 한 점 떨어진다
낮달, 처음으로 끌려갈 뿐이다
별들의 예인선 다가온다
낮달

몸 잃은 팔다리 수만 개
제자리를 찾아 밤하늘에 꿈틀거린다
나는 아— 입을 벌려
처음으로 올려본다

너무 낮은 언덕

이상해, 내 피가 나를 빨아들이고 있어. 라디오에선 언덕 너머 메뚜기 떼, 지평선을 갉아 먹으며 오고 있다. 이 페이지는 쓸데없이 넓다고, 우선 내 눈을 덮어야만 한다고, 그들은 내 유년을 떠나기 전에 당부했지. 나는 언덕 너머로 초점을 흩뿌리지 않겠다고 다짐했지만, 몇 안 되는 키 작은 작물까지도 내 시야는 너무 희박하다고 했어. 하지만 차가운 청진기가 내 두근거리는 언덕을 지나던 밤. 메아리만 길게 늘어뜨리던 늑대는 새벽 창가에 발자국을 남겼어. 엄마는 자꾸 거짓말하면 늑대가 물어 간다고 겁을 줬지만, 정말 내가 사라졌으니까 파랗게 질린 엄마는 우우우, 없는 늑대 발자국을 찾아 나섰겠지. 지금쯤 나를 간절히 믿게 될 거야. 어디쯤일까, 지평선의 속눈썹 같은 여러 가닥의 메뚜기 떼 기둥이 보여. 기울어진 액자처럼 창밖으로 미소 지을 수만 있다면, 양 떼는 어떻게 되든 상관없어. 이상해, 언덕을 에워싼 숲의 그늘들, 내 동공을 낮게 기어오르고 있어.

죽은 자의 사랑스러운 쪽*

얇은 입술
창가에 야윈
우산 같은 너는
그 언덕을 두고
뒤집어진 지네라고 불렀다
뒤집어진 지네에선
매일 밤, 한 아름씩
솔향기가 안겨왔다

돌아누운 네 곁에서 나는
뒤집어진 지네는
이제 다만, 등, 푸른, 향기……라고
가만가만 타일러주었다

그날 너의 소원대로
집 둘레에 넓은 담장을 세운 뒤
매일 밤, 나는 홀로 깨어
삽을 씻었다

등 푸른 향기에선
매일 아침, 한 창 가득
새소리가 눈부셨다

어느 날, 그 밤에 이르러
너는 등 푸른 향기를
덜 마른 우산에서 맡았다
덜 마른 우산은
매일 밤, 담장 너머
솔잎 몇 장을 묻혀 왔다

우는 네 곁에서 나는
솔잎 몇 장을 떼어내며
고작, 지네 다리, 몇……이라고
삽처럼, 끊어서, 말했다

어느 밤, 그 폭풍우 몰아치던 밤
곤히 접힌
바싹 야윈

우산을 품에 안고
삽은 그 언덕을 올랐다

비 갠 그날 아침
벼린 햇살
단호한 삽은
그 언덕 마지막 소나무를 들어내고
너를 묻고,
나를 묻고,
이건 겨우, 등, 시린, 기억일 뿐……이라고
그 언덕을 툭툭, 다독여주었다

그날 오후
홀로 돌아온 삽은
담장 안쪽에
마지막 소나무를 옮겨 심은 뒤
잠 깊숙이 뿌리를 내렸다

얇은 꿈

매일의 폭풍

등 시린 기억에선

하늘 가득

바늘부리 우산날개의 새 떼가 날아들어

우린 고작, 네가 버린, 꿈의 다리, 몇!이라고

그 언덕

뒤집어진 사내

내 면도한 입술의 흉터를 쪼았습니다.

* 페터 한트케, 『소망 없는 불행』(윤종호 옮김, 민음사, 2002)에서.

베개는 불능의 거푸집

아주 앓는 날이면
알전구를 쥐여준다

크리스마스도 아닌데
꼬마전구를 줄줄이 두르고
나는 때늦은 빛에 동참한다

주인집 아들은 내 굳은 목에
눈 시린 휘장을 걸어주었다

여기 말고, 더 둘러볼 곳 있어?
없어, 여기뿐이야 나뿐이야

톱밥 압착기 쪽으로
머리를 두고 잠든 인부들

아주 밤중도 지났는데
나는 그들이 깨지 않게
얼굴을 비춰보지 않았다

인부들의 다리는

둘…… 넷…… 다섯……

내 부러진 갈빗대를 짚고 황혼이 일어선다. 황혼의 귀를 열고 철대문이 들어선다. 철대문 아래를 갈고리가 들쑤신다. 뒤축 접힌 구두 한쪽, 갈고리에 끌려간다. 그 구두 끝까지 물고 늘어진 황혼의 귀에 대고 나는, 하나……둘……

*

……아홉 ……열

열어, 당장 열어!

벽시계 목발 짚는 소리가

심장보다 가깝게 울려오고

나는 내 망각의 보폭을 따라잡지 못한다

구멍 난 궤짝 속에서

눈 뜨면 빛나는 막대 끝
텅 빈 햇살을 길어 올리는 굴렁쇠…… 궤짝 밖으로, 정수리를
이마를 가로지르고

햇사과 구르는 과수원 둔덕
이가 다 빠진 아카시아 한 그루가 어린 너에게 말한다
그해의 가장 빛나는 낙과를 손에 쥐여주며, 꼭꼭 씹어 먹
어라 머리카락 자랄라

집 안 가득한 옻냄새 버짐 퍼진 네 입술

정든 시소 아래
껄떡이는 폐타이어에서 너는 여름의 굴레를 본다 여름
의 굴레…… 나는 아버지들을 맺는 아들로서 이 계절을
넘쳐야 한다 아버지들을 맺는 아들로서 내가!

복면한 사과에서 복면한 트럭까지

과수원 밖으로

멀어지는 붉은빛 끝까지…… 눈을 흘기면, 궤짝 속 부러진 손톱이빨들 그 밤에 걸맞은 자개로 수놓이고, 쓰라린 낮의 붓질이 너의 이마를

목젖을 굵게 쏟아내리는 시기

궤짝이 닫히고

비 내리는 며칠간, 달리면 서고 서면 쓰러지는 증오와 연민의 협궤를 지나 어느덧, 가을의 첫 웅덩이는 되비춘다 달궈진 선로가 열차를 뒤집고 감긴 눈 아득히 떠오르는 햇사과의 열기가 먹구름을

벌집을 들쑤시던 시간을

파헤쳐진 둔덕에서 아카시아 궤짝까지

썩어 나뒹구는 태양들

검은 악취를 꿰뚫는 푸른빛 끝까지…… 들어라, 뿌리째 삼키고 잊어라 내내 쌓아두고 저울질해라 그 누구도 우리를 들어내지 못하게

나는 구멍 난 타이어 헐거운 휘파람, 여름의 그을린 필
름을 되감는 태엽소리…… 둔덕을

　공터를 가로질러 입술 밖으로

　잎 떨친 네 눈으로

　감겨든다

가을을 닫기 전에

빈 차가 굴러오고
낙엽이 내려앉고
전화가 끊긴다

느린 강물을 닮은
연결음이 끊기고
물가의 조약돌을 닮은
노란 가로등이 가라앉고
나는 눈 밖의 길들을 거둔다

빈 차를 타고
이 가을의 터널을 달린다
내 입 없는 운전수는
백미러에 비춰 눈짓으로 묻는다
잠겼나요, 문?

잠겼어요, 확실히
빈 차를 타고, 강을 낀
이 도시의 옆구리를 달린다

너무 앞서 번뜩이는 표지판은
자꾸만 너의 꿈 쪽으로 길을 내고
여기쯤, 그냥, 세워서
나는 눈 안의 길들을 풀어놓는다

빈 차가 굴러가고
낙엽이 떠오르고
전화를 건다

느리고도 빠른
너의 눈빛을 닮은 강물이 흘러들 때
너에 이르는 창문을 흔들고 나를 뒤흔드는

텅 빈

연결음에 갇혀
내 꿈은 끊기고
내 꿈은 끊기고
너는 창가의 낙엽을 거둔다

3부

어두워지는 촛대

방이 있다

왼쪽 창문에는 커튼이 드리워져 있다. 오른쪽 벽면에는 거울이 하나 세워져 있다. 정면은 반투명의 유리로 되어 있다.

방 안에 내가 있다

나는 방에 있다

왼쪽 커튼 뒤로 넓고도 흐린 빛이 지나간다. 오른쪽 거울 속으로 버스가 지나간다 — 곧 정면으로 버스는 나타날 것이다 — 창밖으로 버스가 지나간다.

방 안에 내가 있다

나는 방에 있다

왼쪽 커튼 뒤에 좁고도 분명한 빛이 멈춘다. 오른쪽 거울 속에 택시가 멈춘다. 왼쪽 커튼 뒤로 흐린 그림자가 지나간다. 오른쪽 거울 속으로 네가 지나간다 — 곧 정면으로 너는 나타날 것이다 — 너는 나타나지 않았다.

방 안에 내가 없다

나는 방에 있다

왼쪽 커튼 뒤로 분명한 그림자가 빠르게 지나간다. 오른쪽 거울 속에서 내가 달려간다. 창밖으로 네가 지나간다─곧 정면에서 나는 너를 붙잡을 것이다─창밖으로 네가 멀어지는 동안, 내가 나를 기다리는 동안, 나는 내가 보이지 않았다.

방은 없다

세번째 화분의 햇빛도둑

이사移徙, 천장에 펴 바른 페인트는 권태의 결 따라 흘러내릴 뿐, 이어폰을 꽂고 누워 나는 아무것도 재생하지 않는다 초록 없는 화분 밑으로 탄력을 잃은 어제가 흘러내리듯이 코가 시큰거릴 때면 나는 과한 빛을 보며 재채기를 유도한다 이와는 무관하게, 어항에 담긴 금붕어는 어항의 유일한 맹점으로 굴러다닐 뿐

그러나 놀랍게도
어항 속 금붕어는
녹색 자갈을 삼켰다가
흰 자갈을 토해내는데

햇빛은 창턱에 턱을 괴고 내 푸석한 기억의 화첩을 한 올 한 올 펼쳐 본다 착잡…… 착잡…… 빛바랜 페이지마다 하나같이 변기 위의 마지막 3초 같은 얼굴들, 얼룩진 거울과 얼룩진 거울에 비친 얼빠진 창문과 얼룩도 될 수 없이 짙푸른 타일들 사이 말라붙은 휴지 조각들, 한 칸…… 두 칸…… 칙칙한 구름사다리를 내려오는 노을을 배경으로 에스컬레이터 검은 솔기에 하릴없이 발등을 비

질하는 나날들

하지만 기억해, 각자의 명상에 목 졸려 누렇게 질려가던 그 여름날 굉음 같은 응시 속에서 우리를 맹렬하게 뒤흔들던 한줄기 검은 기적 소리를 나는 기억해, 나무의 층계참을 죄어들던 서늘한 매미 소리 허물 바깥으로 끓어넘치던 겹눈 그리고 목 잘린 해바라기들의 잠…… 다시선명히 끌어 덮으면

이주移住, 잔디의 표현이 나를 이끈다 몇 개의 다발로묶인 조명들에 불이 들어와 있다 운동장 입구, 시소 아래모래는 한쪽만 어둡고 둥글게 파여 있다 그곳에서 새의그림자가 여러 갈래로 쪼개져 나오는 것을, 꺾인 잔디가찬찬히 일어서는 속도로 잔디 구장의 복판으로 나아가는것을, 나는 보았다 새는 날아가면서 잔디에 내려앉지 않고도, 잔디밭을 표현하고 있었다 새가 머리 위를 낮게 지나고, 새의 그림자들은 다시 하나의 그늘로 들어선다 하지만

반전은 없다, 첫번째 화분의 여덟째 그늘이 말한다, 너는 나를 드리우는 너희에게만 떠맡겨져 있다

조금 전만 해도

어항 속 금붕어는

녹색 자갈을 삼켰다가

흰 자갈을 토해냈는데

이젠 모두 흰 자갈뿐이지, 두번째 화분의 허물이 말한
다, 머리맡의 덤불이 저 혼자 불타거든 눈 틔운 감자 몇
알을 던져주렴 그리고 뒤돌아보지 말고 건너가렴

반전은 없다

1830

봄. 그런 글귀를 본다: 하루에 8번, 30초씩, 손을 씻으세요. 공중화장실. 거울엔 1830 스티커. 그리고 나. (나?) 나. 세면대엔 물이 고여 있다. 수평으로.

문득, 이런 글이 나를 읽는다: 하루에 8번, 30초씩, 손을 씻으세요. 공중화장실. 거울의 두께만큼. 1830 스티커. 허공에 떠 있다. 찬물에 손을 씻으며 나는 생각한다: 매일, 8번, 30초간, 손을 씻는다.

장마. 그런 소리가 나를 때린다: 하루, 8번, 30초씩, 씻으세요, 손! 빗방울의 수만큼. 창문엔 1! 8! 30! 노려본다. 쫓기듯 나, 다시 공중화장실. 거울엔 1830. 나야. (나?) 나! 세면대에 바짝 붙어 나는 차갑게 생각된다: 매일, 8번, 30초간, 손, 씻긴다, 1, 8, 30.

벌컥, 나는 나에게 이렇게 말했다: 하루, 8번, 30초씩, 나, 씻기세요. 공중. 화장실. 거울. 1. 8. 30. 세면대. 물. 불어난다. 수평으로. 바지가 물든다. 가을의 깊이만큼. 나는 나에게…… 나는 나에게…… 허공으로 맺혀간다: 매일,

8번, 30초간, 넘친다, 수직으로,

겨울?

(겨울)

겨울.

두 겹의 창

한 겹의 눈부심을 겨누며 우리는 나아간다 내가 드리
워진 이곳이 어느 자오선에 걸쳐 있는지 어느 예리한 시
간이 첨탑 끝에 째깍대며 우리 배다른 절망들을 손에 쥔
사과처럼 끊이지 않게 돌려 깎는지, 알 수 없으나 나는
비춰볼 수 있다 그때 태양은 태양이 비추는 칼날보다 깊
이가 없었다 무성한 나뭇가지를 꿰뚫는 밝고 가느다란
몇 개의 통로가 걷힌 뒤에 더욱 짙어지는 그늘처럼, 눈
감으면 내 고여 있는 시간에 어지럽게 꽂히는 빗방울들
회한은 너무 가까운 웅덩이에서 텀벙거리고 용서는 굶주
린 먹구름처럼 다 해진 바짓단 끌며 우리를 배웅한다

다시 한 겹의 어두움을 당기며 우리는 나아간다 커다
란 그림자 아래로 위문 온 작은 그늘처럼, 네가 말했다
함부로 나 고개 들지 못하겠어 소리 없이 명멸하는 저 빛
깊숙이 아프게 꽂힐까 봐, 너는 말없이 불빛 가까이 다가
갔다 빛에 매몰되듯이 내가 너의 마지막 신비가 될 때까
지 너는 입김을 불어 빛의 모서리를 접는다 두 눈의 검은
창살을 두고 시작되는 면회, 다시는 꺼내지 마! 창문마다
선명한 테이프 자국으로 나에게, 깨지지 마 그리고 제발

깨지 마

지금 축축한 주머니 속, 구겨진 손바닥을 꺼내보면 반짝 돌아보며 사라지는 골목 저편의 미소들 흑백의 가로등 아래, 곧 떨어져 나갈 탯줄처럼 시퍼렇게 질린 입술에서 나는 나를 도려낸 절망이 제 허기를 비추는 흰소리를 듣는다, 벗어날 수 없는 길은 언제나 같은 입술 다른 목소리들로 말을 걸어오지 우리는 남들이 되비추는 대로 너 자신이 될 수도 있었어 하지만 이제 너는 빈 열쇠고리에 불과해

나는 누굴 열고 들어선 걸까? 지금 내 뒤의 너는 너에게만 없는데, 눈 감아도 여전히 같은 눈빛의 궤도를 돌고 있다 고개를 들면

겨울의 맹세

"밖에 눈!" 메시지를 보내는 동안 손은 녹아 있었다. 한 번은 밖에서 한 번은 안에서, 눈이 오고 눈은 그쳤다. 그동안 주머니 속에선 털이 날렸다. 거위털이거나 솜털일 수도 있다고 생각하는 동안, 나무가 흔들리면서 눈은 다시 반짝였다.

*

창가에 눈
한 송이 내려앉고 있었다
유리창을 긁으며
무너져 내리고 있었다, 내 입김은
그 희디흰 비명을 흐리고 앉아 있었다

곧 눈송이가 내려앉을 자리에
나는 동그라미를 두 개
그렸다, 먼저 그린 동그라미 아래
조금 더 큰 동그라미를 그리고
입김을 불어넣었다

작은 동그라미 안으로
들어온 눈송이 하나, 그 아래
조금 더 큰 동그라미 안으로
내려앉고 있었다, 작은 동그라미
손가락 하나로 매듭지은 그 세계에
더 작은 동그라미
물방울, 맺혀 있었다
약속처럼 맺혀 있었다

그 위로
또 한 번 입김이 끼얹어지고
작은 동그라미, 양손이 돋아났다
손가락은 세 개씩 여섯 개
메시지가 도착했다.

*

"그쳤어!" 한 번은 안에서 한 번은 밖에서, 눈길을 보내고 눈빛을 그쳤다. 그동안 주머니 밖에선 다시 눈발이 날렸다. 첫눈이거나 첫눈이 아닐 수도 있다고 생각하는 동안, 손은 얼어 있었다. 한 손은 주머니 밖에서 한 손은 주머니 안에서. 나는 다시 한번 맹세했다.

어느새 뒤돌아선 눈사람
머리에 흰털 하나
얹혀 있었다

작은 동그라미 안에
더 작은 동그라미
물방울, 흘러내리는
흰털모자 푹 눌러쓴 그 눈사람 위로
나는 나만의 맹세를 끼얹고
밖으로 뛰쳐나갔다

양손만 있고 주머니가 없는 차가운 눈사람, 단단하고 맑은 눈사람, 백 개를 만들었다. 그러는 동안 내게는 손가락이 세 개씩 여섯 개, 남아 있었다.

*

창가에
또다시
눈은 날리고
나무를 걷어차는
한 사람이 보이고
한 사람을 지켜보는
눈사람 백 개가 보이고
눈사람 백 개와 한 사람을 굽어보는
눈 내리는 나무가 보이고

한 사람의 발길질을 받아주며, 너는 너는 너는……, 너를 쥐고 있는 너 자신들의 입김을 뚫고 자라나, 나에게서 백 걸음 더 나아간다.

의자 밀어주던 사람

  그 사람 떠나고, 나 혼자 떠밀렸습니다. 그 의자 기울고, 나 혼자 쏟아졌습니다. 제각각 맨발로, 나는 나에게 도착했습니다. 막다른 다리 위에서, 나는 나를 굽어보았습니다. 물에 잠기는 물결과 떠오르는 물결 사이, 몸 안 가득 투명한 나뭇결, 불어나는 내가 보이고…… 그게 어떻게 나인 줄 아는지, 영영 모르겠고요.

  내가 체온계를 깨물어버리고부터, 그의 입술은 더욱 얇아졌습니다. 어제는 조급하게 북북북, 몇 개의 동심원을 그리더니 눈앞에 들이밀고 톡톡, 뭐가 보이느냐고 묻는 겁니다. 그야…… 종이의 결이 보이죠. 그는 돋보기 눈먼 불빛으로 내 눈을 유심히 들여다보았습니다. 나는 타버렸지요. 한참을 하얗게 타올랐지요. 내가 완전히 뼛가루가 되자, 그는 한 잔의 물과 함께 나를 삼켰습니다.

  다시, 다리 위로 돌아옵니다. 다리를 건너는 동안 나의 다리는 생각하지 않습니다. 왼발 오른발 왼발 오른발, 붓고 가라앉고 붓고 가라앉는 창밖의 능선만큼이나 평화롭습니다. 하지만 얼마 안 가 선잠처럼 뭉툭 끊긴 다리 위,

내 입 없는 운전수는 나를 번쩍 안아 내려줍니다. 그리고 떠나며 한 마디, 아무 데서나 미치지 마요.

한참을 울렁이다, 줄줄 새어나가려는 그 말을, 나는 양손으로 받아봅니다. 아무에게나 비치지 마요. 잠잠해질 때까지, 가만히 들여다봅니다. 다리 아래 드리워진 그늘 속으로 자갈의 앙다문 입술, 풀잎의 지느러미, 물빛의 박동…… 등등이 선명합니다. 나는 사로잡힙니다. 함께 일렁입니다. 발소리 없는 굴렁쇠소리…… 가까워옵니다. 어떤 서늘한 발 하나, 내 뒤통수를 밟고 갑니다. 둘, 넷, 후드득…… 나를 건너, 갑니다.

빌헬름의 침묵

시작하려면 발등부터
바닥에 끌린다 쌓인 눈이 밀리며
내 눈의 한 귀퉁이를 들춰낸다

입 벌린 정적이 있는 어디서나
같은 시각 속에 지각하고
지각한다 강하하는 소년병들
낙하산은 목에 묶여 있다

같은 투구 속의 빙산들
통각들, 빛은 깨지지 않고도 불어나고
비명은 가늘고 멀게 풀려 나오고
나는 문고리에서 송곳니까지 실을 감고
복면한 노크를 기다린다

두 눈은 점점 검고도 맑은
취조실이 되어간다 밤낮으로
질문의 고도가 한 꺼풀씩 낮아질 때마다
천장의 아치가 팽팽해진다 눈 감으면

귓속으로 부리 없는 새들이 날아들어
눈동자에 부딪혀 죽어간다

메아리가 밝히는 풍경들
압정들, 스핑크스 깨진 콧등에
새벽의 첫 거미줄이 걸릴 때까지
산책, 산책뿐이다 이마에서 자라나는 송곳니가
뒤엉킨 전선을 끊을 때까지

사방으로 정전된 인조 잔디 구장
빛을 뜯으며 길을 내는 검은 양 무리
한 뿌리 두 무리, 몰려다니고 굴러다니고
밤새 세 번은 더 튀어 오르는 정전기들
별 무리들

같은 이마의 다른 지붕 위에서
너는 타오르는 성냥을 거꾸로 들고
다가와 내 목발을 가리킨다

첫눈이 내리면,

다른 비탈에서 끌리는

장의자 다리에 테니스공을 신겨주고 싶다

커다란 물탱크가 있던 집

서툰 방화범이 빠져나오지 못했다

의자 대신 탁자를 끌어당기며
겨울은 스스로 견딜 만한 것
그 이상이 된다

*

터진 물집처럼 볕 드는
한 다발 유년의 얼굴들 품고
액자는 창문 쪽으로 어깨를 기울인다
다정한 착각 속에서, 꽃받침 한 저마다의 텅 빈 환대
속에서
박제한 살풍경이 더는 내외하지 않는다
지금 커튼 밖을 서성이는 사람이
우리는 슬프지 않습니다

가스계량기 흰 눈금이 돌아오고
다락이 열리면 나는 톱날만 한 계단을 올랐다

가렵고 가엾고 누추한 복도들만 들러붙던 꿈자리

심장 근처의 거머리들이 빛과 추위를 구분 없이 빨아

들이는 동안

젖을 물리던 곰팡이자리

이렇게 머리털이 안으로 돋아나는 날씨라면

겨울은 얼마만큼의 낙차를 필요로 하는 걸까

커튼 아래 가려지지 않는 발톱들이

더는 무례하지 않았다

*

눈 녹기 시작한 투광창 아래

주저앉은 방화수통을 열어 보이며

진짜 지하를 보여줄게, 햇살은 막 찢어 넣은 수제비반

죽처럼 들끓고

악마는 화분을 뒤집어쓰고 운다

120

howling

너는 울다가울다가 울다가

나에 이르러
목을 축이고
길을 물었다

나라는 작은 물고기
입안에 머금고
너는 사막을 건너야 하네

너는 걷다가걷다가 걷다가

목을 축이고
너에 이르러
길을 묻었다

협상

혓바닥 가득 따개비 들어차던 한 세기가 지났다. 못 박힌 내 머리에서는 또 다른 못자국, 몇 개의 타협점을 더 찾아볼 수 있다. 하지만 새 떼가 돌아오고 소금기 내륙까지 떠밀려 오는 오늘, 나는 더욱 유리한 입장에서 내 얼굴들과의 오랜 협상을 끝내려 한다.

지하 당직실, 내 피를 뒤집어쓴 포도알들이 나의 실종 루트를 계획한다. 재편된 죽음의 유통로를 포착하려, 검은 밤의 짙푸른 염료를 녹여 변기 물을 내린다.

그렇게 드러나는 몽타주, 곳곳의 분화구와 싱크홀의 배치는 내 비겁의 악상에 걸쳐 있다. 또 몇 겹의 창문과 지붕들의 낙차는 내 피로의 양식에 닿아 있다.

한 건을 의심하는 데 동굴 하나. 한 건을 잠재우는 데 터널 하나. 다시 한 건을 되살아내는 데 가교 둘. 그리고 뼛가루 반짝이는 도로의 점선을 따라 접어 두개골을 마련한다. 그렇게 한 세기를 뚫고 잇고 삼켜서, 잠 못 드는 내 피에 가라앉힌다. 준비는 끝났다.

파도가 물러선다. 머리를 맴돌던 새 떼가 혀로 몰려든

다. 새들이 따개비 굳은 혀를 쪼는 동안 노을을 틈타 크
리스마스섬이 움직인다. 내 익살, 내 혓바닥으로 매수한
크리스마스섬의 홍게들이 움직인다. 한 점 살벌한 근육
이 되어 잘려 나간 혓바닥의 맹목으로 움직인다. 내 지하
를 떠받들어 머리 몰래 이주한다.

밤은 뜨겁고 별들은 녹아내리고 내가 짓밟아온 얼굴들
은 쓸려 가고 파도는, 내 발바닥은 밤보다 넓어지고 높아
지고 다시 푸른 얼굴로 발광하며 밀어닥치고 나는, 검붉
은 고독의 껍질을 도둑맞은 나의 사랑은 패색이 짙다.

오늘은 혼자 놀이터 갑니다

　금요일, 풍선껌, 담배, 감귤과 흑맥주. 검은 봉지에 담아 갑니다. 놀이터 중앙에는 철제 목마, 그래도 목마는 목마. 여기저기 녹슬어 몸통을 관통하는 스프링만 건재한 목마. 누군가 그 작은 안장마저 뜯어간, 누구 하나 죽일 듯이 두 눈 부릅뜨고 웃고 있는 목마에 앉아, 맥주나 마시자. 담배나 피우자. 나도요, 나도 술 마실 줄, 압니다? 혼자서 야밤에, 놀이터 갈 줄, 압니다? 이제는 누가 밀어주지 않아도, 절정의 그네에서 뛰어내릴 줄, 압니다. 하지만 보시다시피 이 변기통만 한 목마에 앉아서도, 발끝은 땅에 닿지 않습니다. 아직 멀었습니다.

　그렇게 삐거덕삐거덕 힘쓰고 있는데, 취한 딱따구리처럼 매달려 있는데, 그런데 아까부터…… 거기, 미끄럼틀 아래.

　(나?) 그래, 너.
　아, 들켰네. 그런데 누구?
　네가 지은 모래성. 거기서 뭐해?
　지키고 있지. 뭘 지키는데?
　너 없는 놀이터. 왜 지키는데?

가까이 오면 말해줄게. 네가 와.

그건 좀, 싫은데. 그럼 껌 줄까? 봐, 풍선껌이야.

그럴까? 와서 받아 가.

너…… 속 보여. 흑맥주는?

그거 콜라잖아. 그럼 말든가.

응, 나가 죽어. 그래, 잘 지켜봐 어디.

*

비, 비닐봉지, 가죽 혁대, 포장 테이프와 목장갑. 순서 없이 가방에 담아 간다. 그런데 놀이터 초입부터, 뼈대 다 드러난 좀비우산 하나가 둔덕 위에서 벼르고 있다. 초장 부터 마구 찔러댄다. 나는 시뻘겋게 약 오른 목마에 걸터 앉아 줄담배를 피운다.

아주 가버리지, 왜 왔어? 몰라도 돼.

있잖아, 나 뭐 좀 물어볼게. 묻지 마.

왜 나였어? 뭐가.

왜 하필 나였어? 질문이 글렀네.

그럼? 왜 나인가 묻지 말고 어떻게 나인가 물어봐.

그럼, 어떻게 나였어? 몰랐어.

무얼? 이젠 알고 있는 거.

그게 뭔데? 참지 않고 기다리는 거.

나는 한 바퀴 획 둘러본 뒤, 추적추적 시소를 지나 구
령대를 지나, 철봉 쪽으로 간다. 높이가 적당해 보이지만,
이젠 너무 커버려 발이 닿을 수 있으니까 아주 조금만,
백 걸음만 더 지나쳐보기로 한다. 빗줄기는 굵어지고, 담
장의 쇠창살은 더욱 살벌해지고, 나는 더더욱 결연해지
고. 그러나 안 봐도 빤한 눈빛, 너는 또 안절부절 지겹도
록 안절부절!

나, 기다리지 않았어, 기대하지 않았어. 그러든가.

그럼 뭘 어쩌라고! 오늘은 네가 가.

왜? 다 관두려고.

정말? 그 대신 네가 끝내버려. 자, 여기 장갑 끼고, 손
목 묶어주고, 비닐봉지 씌워주고, 목에 혁대 매어주고, 발
아래 모래 더미 허물어줘.

아냐, 내가 갈게. 어딘 줄 알고?

날 알아봤던 곳. 그게 어딘데?

오는 비 없이도 비 내리는 곳. 비?

(비.)

비, 그치고도

나무 깊숙이 떨어져 내리는 빗방울들의 낙차에서

나는 나의 민얼굴 깨지는 소리를 듣는다.

모조리

토했지.

지껄였지, 뭐가 쏟아져 나오는 줄도 모르고. 달 없는
밤마다 활짝 열리는 동공에 두 발을 쑤셔 넣고 옆구리를
걷어차며 내달렸지. 옆구리를 걷어차고 안장을 뜯어서
이렇게 백동전 한 움큼, 심장에서 꺼낸 백동전 한 움큼,
철제 목마에 넣어주면서.

그럼 내가 울어야 하나요?

한참이나 의자를 끄덕이다,
그대로 꺾여 넘어졌습니다
마주 앉은 사람은 웃으며 말했습니다
혼자서도 참 잘 다치시네요
그럼 내가 울어야 하나요?

해가 지고
달이 뜨고
돌아서기 좋은 시간에
말없이, 발등만 바라보던 사람이 기뻤겠나요?
이마에서 쏟아지는 서랍과 그을리는 입술을
턱도 없이, 가느다란 미소로 닫아걸었겠지요
수척한 구두 주름 따라 스며드는 빗물처럼
바닥도 없이, 바닥으로 젖어드는 높이를
굽은 목으로 받치고 있었겠지요
이토록 분별없는 골목과 가로등
나는 정말 혼자서도 잘 닫히는군요
잘도 건너뜁니다, 웅덩이마다 건물 꼭대기
점멸하는 경고등── 솟구치는 담뱃불에서

이 행성을 점쳐보는 건 감상적인 일

그만 들어가봐요, 품었던 곳이 있다면

제 옆모습이 쉬운 사람은

수족관 물고기와 입을 맞추고

제 뒷모습이 미운 사람은

돌아와 커튼을 밖으로 내걸고?

한번, 그려봐요.

무엇을? 그런 의문은 옷걸이에 걸어두고

그러나 옷걸이는 물음표에 매달린 삼각형

커다란 옷장 속 별세계, 제각각 떠오르는

하루의 눈높이, 가로놓인 횃대와 선로와 전선과

그 모든 순환의

환원의 주기를 따라서

달이 져주고

해가 떠주고

돌아가주기 좋은 시간에

문 앞에 돌려놓은 구두를 신고

가요, 어디로? 그런 의심엔 리본을 묶고

바라던 대로 쉽게 가요
가을에는 가을 옷을 입고
봄에도 가을 옷을 입고?*
가을은 앞서가고
봄은 봅니다

여길 봐요
내 바닥에 닿은 꽃들은 언제나 울상입니다
혼자가 아니잖아요, 울지 마요
그럼 내가 웃어야 하나요? 그러나
살아 있던 것들은
살아남아 있어요

* 기형도, 「雨中의 나이」(『기형도 전집』, 문학과지성사, 1999)에서 "여름엔 여름 옷을 입고 겨울엔 겨울 옷을 입고?" 변용.

4부

터널 끝의 소리굽쇠 1

나는, 네 부재의 문턱에 기대어 서 있던 화환이었다. 그리고 내 이름은, 그 뒤편에서 허옇게 질린 풍경들을 한 줄기 안은문장으로 엮어 백지 바깥으로 시들어갔다. 사각으로 재단된 햇빛은, 방바닥 가득 뿌옇게 탈각된 기억들을 축성하듯 허공으로 띄우고 내 눈빛이 고이는 어디에서든, 한 톨의 개미 그림자 남김없이 벗겨내는 섬광이 깃들었다.

*

뒤돌아보면, 발자국 무너지는 섬망 속 다시 찾아든 산책로. 이제 뛰기는커녕 고개 들고 걷기도 힘들어, 목을 조르고 얼굴을 후려갈기는 넝쿨과 나뭇가지들, 그땐 네가 우릴 건너뛴 게 아니라 우리가 널 눈감아준 거다. 이따금 수염 기른 웅덩이들과 마주치면 나는 고개 숙이고 지나갔다. 그들이 읊조리는 매캐한 분노가 내 얼굴을 가로질러 밤을 앞당겼고 눈을 찌푸리면 눈앞의 불빛들은 창백한 성호를 그어댔으나, 나는 죄가 아니었다. 거울에 매달린 물방울이 찬물 속에 서로를 비틀어 넣는 두 손을 굽어보듯이, 내 그림자 켜켜이 뜻 다른 신비를 포착하는 데 몰두했다.

그러다 텅 빈 경적소리에 놀라 고개를 들면, 그 숲길의 소란하고 허술한 암실을 빠져나와 어느새, 나는 비린 아지랑이 울렁이는 길 위에 드리워져 있었다. 나는 기어갔다, 내 앞에 떨어진 누런 잎의 사유들을 세상과의 마지막 필연인 듯 곱씹으며. 여전히 느껴진다, 도열한 나무들 사이로 나를 꿰뚫어 보는 수많은 명멸. 이 기억에 들러붙어 내 시선을 들뜨게 하는 수상한 열기. 닫힌 적 없이 너무 여러 번 사용한 필름처럼 한 획의 그을음으로 매달려 떨고 있는 육체, 내 흩뿌려진 초록이 피워낸 검붉은 현기증…… 속에서

눈 비비다 안경, 떨어뜨리고
모르고 떨어뜨린 안경, 모르게 밟고
노래를 잃고 빈 새둥지를 얻고, 그리고 쓰고
찢고 다시 쓰고 부딪히고, 부릅뜨고 계속해서 무릎

쓰다 보면, 뜻 모를 기쁨과 그 기쁨을 밟고 지나갈 뜻밖의 기쁨이 밑바닥을 맞댄 운동화 한 켤레처럼 내 주머니에 오롯이 담겨 있기도 했다. 하지만

나는 공을 사랑……했지만
공은 나를 사랑……하지 않았잖아, 않았겠어?
한 번도?

단 한순간도
공은 바닥에 닿은 적 없어
너는 우리의 첫번째 박해자야
공 대신 네 심장을 걷어차지 않고는
너는 생을 가로지를 용기가 없으니까

아! 소리 지르면, 바닥을 맞댄 그 골목의 처음과 이 기억의 끝이 한꺼번에 저려왔다. 감당할 수 있는 것과 없는 것의 구분은 삼킬 수 있는 것과 없는 것의 격전이었고, 담장 앞에서 언제나 모자란 그 한 뼘은 누군가의 상한 한 토막으로 채워졌다. 마침내 어떠한 창틀에 끼어서라도 아무

런 격정도 냉담도 내비치지 않게 되었을 때, 나는 죄의 이미지가 아니었다. 내가 추방당한 미지의 어두운 반향이자 나에게 거절당한 육체들로 들끓는, 생의 허물이었다.

*

축축한 손바닥 아래 불규칙하게 튀어 오르던 가슴, 빈 방을 떠돌던 기억들은 이제 가라앉았다. 그리고 모르게 열린 창틈으로 화분 하나, 야윈 손을 내밀고 있다. 그 위로 눈송이 하나, 가까스로 내려앉는 게 보인다. 누군가의 입김이 피워 올린.

지금 고개를 들어 눈을 헤아리는 자들은 모두 타인의 눈 속에서 자신을 허옇게 지새워보았던 자들이다. 나는 그러나 내 안으로 붐벼오는 타인들을 불태워 나만을 밝혔으니, 어둑한 모퉁이마다 팔다리가 뒤엉켜 죽은 거미와 거미의 허물들처럼, 내 이름의 흉한 문발로 드리워질 것이다. 가자, 이름 없이. 가야 한다. 저 구겨진 백지처럼 눈먼, 시간들이 빨려드는 터널 쪽으로.

베개는 불능의 거푸집

눈 비벼보아도
내 눈이 내 몸에 섞여들지 않는 나날들
눈 비벼보아도
벽에는 못자국 하나 없이 철회된 풍경들

피곤한 기왓장들이 아지랑이에 길들여질 때쯤
여름은 그해의 가장 둔중한 필치로
내 한 세기의 묘비명을 암송했다
절정보다 빠르게

나는 지붕에 올라
기왓장을 벗겨냈다 내 손발톱으로
벽지를 벗겨내고 장판을 들어냈다 그리고
칠했다, 층마다 놀랍게 변모하는 곰팡이벽화와
개미탐험가들의 은신처와 햇빛도둑의 신발장 등등
그 모두를 내 송곳니로 내 혀를 깨물어서 칠했다
그리고 피뢰침을 핥으며 내 죽음을
여름 밖으로 송신했다

*

초상화 도미노 세우기
선인장 면도하기도 신물이 날 무렵
흙먼지 덮인 장화에서는 솜털 달린 싹이 돋았다
담뱃재 쌓인 깡통에서는 부러진 열쇠
둥근 손잡이가 밤마다 굴러 들어와 내 눈두덩 위로
차갑게 올라탔다

핏기 가신 단풍 몇 장이
내 조그만 배수로를 막아서며 되묻길,
차라리 우물 속에 사자를 들이지그래?

그래, 언제나 베개는 베개를 베개에……
참담해진 대가리가
마침내 녹슨 칼날을 빼물고
품 안의 불능과 입 맞추려 할 때

대가리 가득한 진열장이 건들건들

내 머리 위로 쓰러지며 말하길,
딸꾹질 나면 우선 허리를 굽혀
그리고 배꼽을 누른 다음 침을 삼켜봐
양말에 구멍 나면?
발톱을 깎아!

그러나 그러나 베개는 베개에 베개를……
베갯속을 내 불능의 씨앗들로 채워 넣어도
새벽은 또다시
내 머리를 허옇게 분갈이하고 떠났다

NO PARKING NO HORN

그 옥탑은 육교 건너
왼쪽 길 네번째 전봇대 끼고 돌아
골목 끝, 둔덕 위에 주저앉아 있었다

그는 나를 알아보았고
빈 화분들 중 하나를 눈짓으로 가리켰다
(빈 화분들뿐인 그에게도 내세울 만한 것이 있었는데
NO PARKING이라고 씌어진 팻말이 그것이다)
나는 빈 화분에 걸터앉아 이름이
NO PARKING인 뭔가를 기르면 어떻겠냐고 물었다
그는 말이 없었다, 나는 그럼 뭐라도 심은 다음
NO PARKING이라고 부르면 어떻겠냐고 물었다
그는 그저 물끄러미, 내가 끌고 온 갈고리 사슬과
내 송곳니에 휘감긴 전선들을 바라보았다
그럼 우선 이렇게 시작하는 게 어떻겠냐고
나는 내가 앉아 있던 빈 화분에 팻말을 꽂고
그에게 눈짓했다

그가 말했다 "노…… 파킹……?"

내가 말했다 "예스, 노 파킹"

그가 웃으며 말했다 "예스…… 노…… 파킹……?"

내가 웃으며 말했다 "노, 노 파킹"

그동안 단 한 번의 노을이 지기 시작했다

노을을 피해 그는 나의 폐허로 숨어들었다

나는 그의 불타는 노을에 관하여 물어보았다

그는 무너진 가슴 한구석을 가리켰다, 화분 하나가

그을린 채 뒤집어져 있었고 작은 배수구에는

몇 개의 흰 송곳니가 웃자라 있었다

그는 움푹 파인 그의 이마를 가리켰다가

내 이마를 가리켰다, 팻말의 그림자가

그의 이마를 어둡게 짓누르고 있었다

나는 그제야 그를 알아보았다

NO HORN 나는 잠시 흐려졌다가

빈 날짜뿐인 그의 달력 밖으로 걸어 나왔다

NO HORN

쓸데없이 해맑은 추

검은 해변을 걷는 침팬지
흰 발바닥이 생각난다
열뜬 이마를 짚어주던 화초
넓고 축축한 손 그늘이
생각난다 커다란 환풍기 앞에 서면

공장 목욕탕 화장터 구분 없이
굴뚝에 이끼가 덮이면 어디선가
뭣 모르는 새들이 날아와 면류관을 씌워주겠지
날갯죽지에 부리를 파묻고 몇 달 밤낮을
깃털에 떨어지는 빗방울로 연명하면
그 피톨만 한 게, 방금 건져 올린 티백만 한 게
따뜻한 김을 뿜으며 물장구치다 눈 깜빡이는 새
쯔쯔쯧 혀를 차며 후루룩 날아오르는 거겠지

입술 없는 새들이 어떻게 미소 짓겠어?

아직 핏기가 가시지 않은 새벽
지금 귀를 쪼며 끄덕이는 건

잇다 엎다 잇다 없다…… 오락가락하는 시계추
해맑은 괘종시계의 웃음

올려다보면, 네게서 등 돌려 저들끼리 털을 골라주는
구름들
　내려다보면, 뒤죽박죽 네 쓰라린 얼굴을 풀잎의 이슬
마다 비춰보면
　초록의 장화를 신은 어린 날들이 너를 굽어보고 있다
밟힌 벌레를 보듯이

　네가 꽃향기를 맡는 동안, 꽃들은 네 벌름거리는 콧구
멍에서 무슨 냄새를 맡았을까?

　머리털을 쥐어뜯고 주먹을 삼키고
　단내가 나도록 혀를 차며 날아올라도
　백태 긴 하늘, 가로수들의 밋밋한 겨드랑이 밑

　달관한 새들은 미끄럼틀을 매달고 날아오르고
　쏟아져 내리는 벼 껍질 같은 햇볕 속에서

나는 낱알의 잠이었다 서로를 등지고
죽은 집의 반점으로 텅 빈 몸 불려가던
낱말의 흑과 백이었다

13월의 입

네가 남겨둔 음악을 듣다 나는 엎드려 잠들고
누군가 등 두드려 깨어보면 모두
내 꿈을 필기하고 있었다
칠판 가득 문드러지는

　　　잠든 입술의 고요한 눈금들 움직이며
　　　잠긴 서랍에선 연필 구르는 소리
　　　　　　찬물 속의

빈 새장의 나무막대는
햇빛을 휘감고 햇빛 속으로
지워져가고, 더듬으면 기억의 유리 막대
휘저으면 휘젓는 대로 흥얼흥얼 따라나서는
물결들, 엎드려 있던 상처들이 손잡고 떠올랐지만

　　　　　　　　　　　여긴
　　　　　　　　　　어디지?
　　　　　　　　눈 뜨지 마 아직
　　　　　　　　입 벌릴 어둠도

없어 아직도
아물지 않은 분수야
허옇게 치솟다 한꺼번에 쏟아지는

한 줄기 쓰라린 분노가 우리를 눈 감길 때까지
나는 쓰러진 화환, 축축한 스펀지로 연명했다
빛나는 컴퍼스 다리가 징검징검
생의 좌표를 찍어 누를 때까지, 모두가
저마다의 바늘구멍으로 한 톨의 진실을 밀고
당기는데, 햇빛은 웅덩이마다 무지갯빛
기름띠를 두르고 둥둥
북을 치고 있었다 그때
나는 현재에 가장 희박한 부피
뒷면 빼곡히 비치는 소실의 한 대목만을 노려보았다

움직이지 마
조심해 빛을
깨뜨렸어 누군가
건너가야 해 우리

146

말곤 없어 벌어진 입술
갈라진 몸들에 발을 넣고
하나의 뿌리로 건너가는 목소리

여긴
누구지?
(메아리 없는 목소리)
아직도 손 뻗으면
휘어드는

우리는 처음에
굴절이었다
수면으로 떨어지는
물방울과 다시 튀어 오르는 물방울이
한 꺼풀의 수면에서
마주친다는

파문이었다
내게서 피어나는 것은

너에게서 구겨져 있던 것들이었다

흐린 페트병 같은
창밖으로 나는 눈을 틔운다 몇 마디
재채기가 되어 몸 밖으로 뛰쳐나온다
너무 작은 화분의 너무 빽빽한 뿌리처럼
숨 가쁘게 문
열어보면

너는 없고 또다시
내 몸에서 갈라지는 목소리, 메마른
흙더미 속을 헤집는 혀처럼 나는 네 입술의 문턱에서
폭설로 넘어지고 폭설로
넘어서고 있었다

일 방 통 행

길 위의 모든 화살표들이
하나의 눈송이를 가리킬 때

일 방 통 행
눈이 온다.

내 성긴 꼬리털을 손에 들고
내 구멍 난 흉상을 품에 안고
너는 12월의 베네딕투스를 연주한다.

일 방 통 행
눈이 내린다.

눈 오던 길
눈 녹던 길 위로 다시
눈 내리는 길, 얼어붙은
기억 밖으로 나를 세워두는 길
눈먼 나를 잡아끄는 먼 길의 눈
위로

일 방 통 행
눈은 내린다.

눈앞에 없는 길, 뒤돌아 걸어도
발자국도 발소리도 없는 길
내 안에는 없는 길
너에게도 없는 길
그 길, 차마
너 없는 길
비 탈 길
아래로

길 밖의 눈보라
내 구멍 난 지하를 되울리며
길고 억센 활이 되어 지날 때
눈발이 내딛는 모든 길이
하나의 화살표를 지워갈 때
나를 나로 허옇게

지새울 때

일 방 통 행
나 13월의 베네딕투스는
누워서 노래한다.
누워서 떠오르는
길이 된다.

일 방 통 행
눈은 온다.

13월의 귀
— 터널 끝의 소리굽쇠 2

창문에는 어제의 폭설이 굳어 있다
그리고 너의 귀를 닮은
작은 주먹도장이

약속해, 깃털과 머리카락과 불탄 나뭇가지들
구분 없이 발등에 쌓여가더라도
아무에게나 고개 숙이지 않는 것처럼
아무나 굽어보지 않기로
노래 스스로 떠날 때까지
눈 덮이지 않은 자리는 비켜 앉기로
약속해

약속…… 창문은 터널로 빨려들어 내 얼굴
납빛의 액자 안으로 음화陰化되는 검은 초상들
잘 봐, 시선을 보태면 가까스로
한 마디씩 옮겨 가는 물방울들, 끝까지
지켜봐 네가 목 졸라 삼킨 기억들이
어떻게 하나의 해변을 이루는지

나는 오래 그러쥐었던 손가락을 하나씩 펴본다
은유도 속죄도 없이, 손바닥에는
절취선 낭자한 해변이 글썽이며 누워 있다
파도도 눈꺼풀도 없이, 잠 깨면
발바닥만 한 그을음이 창문에서 얼굴로
범람하고 있다 비명 지르며 솟구치는 기포처럼
마주 달리며 불타는 소리굽쇠처럼
터널 끝에서

귀가 밝아진다 어제의 굳은 폭설로부터
오늘의 열린 고립을 뚫고
밀려드는 눈
시린 손길이

보여? 물으면
들려? 되묻는
목소리, 투명하게 몸 불려와
잘린 줄기 끝으로 번져가는 소리

울려와, 돌아보는 너의 어깨 위에서
부서져 한데 모인 제설 도구들 위로
되울려와

별들은 서둘러 털갈이를 시작했다

전조

고개를 들면 밤의 해바라기밭, 검은 씨앗들의 방언이 빼곡하다 머리카락처럼 살아 있는 뿌리는 그보다 월등한 시체를 향하지 밤이 오면, 우리는 더욱 현명해지리라 밤 아닌 것들과 함께

번뜩이던 창문에는 얼마간 다른 빛이 깃들어 자신이 헤쳐 지나온 건초지, 불길에 사로잡히는 울타리를 바라본다 하나, 둘……

메시지가 닿을 즈음이면 그곳에도 사막의 사인이 젖어들겠지요 이곳에는 별들이 많아요 그리고 암흑보다도 짙습니다 여기서 우리는, 씨앗보다는 흙을 기르는 존재에 가깝습니다

불안의 우화

조강석
(문학평론가)

1. 차용에 관하여

불안이 형식을 만드는가, 형식이 불안을 만드는가?
화면 가득 좁은 수직의 줄무늬 형태가 반복되면서 초록
과 노랑 계열의 색상이 이웃한 수직선들과의 조합에 의
해 미묘한 변주를 거듭하는 양상의 그림이 떠오른다. 그
린버그 이후의 모더니즘 회화가 형식 미학에 지나치게
경도되는 것을 비판적으로 사유하면서 회화에 있어 언
어적 요소의 회복을 도모한 로스 블레크너의 작품이 그
것이다. 이 작품의 제목은 「숲」(1980)이다. 형식 미학을
비판하면서 언어적 요소를 도입했다고 말했지만 하나
의 경향에 대한 반작용은 반발 이전의 경향을 단지 수

복하는 방식으로 진행되지 않는다. 경과 그 자체가 이미 현재의 일부가 되기 때문이다. 로스 블레크너의 「숲」 역시 구상적 모티프를 환기하고 언어적 내용에 대한 유추를 가능하게 하지만 그 형식에 있어서는 옵아트를 '차용 appropriation'하고 있다. 문제는 차용이다. 차용은 창조나 모방의 이분법으로는 설명하기 어려운 어떤 중첩을 설명하는 개념이다. 경과를 무로 돌릴 수 없다는 것이 예술의 운동 방식에 있어서의 대전제라고 할 수 있다면 차용은 경과를 운동에 편입시키는 흥미로운 방식이 된다.

2020년대를 목전에 둔 젊은 시인들은 이미 10년도 더 지난 떠들썩한 혁신을 반발이나 계승의 대상으로조차 여기고 있지 않은 것처럼 보이지만 철 지난 미래는 반발이나 모방의 대상이 아니라 이제 차용의 대상이 됨으로써 비로소 역사 속으로 걸어가고 있다.

이를 확증하는 실례가 여기 있다. 심적이면서도 구상적인 화면을 능숙하게 펼쳐놓는 한 시인을 우리는 마주하고 있다.

2. 우화의 세 가지 형식

이설빈 시인의 첫 시집, 『울타리의 노래』에서 우선적으로 눈에 띄는 것은 이 시집에 실린 상당수의 시가 우화적이라는 것이다. 용어와 관련된 오해를 먼저 차단하자면, 여기 실린 시들이 궁극적으로 어떤 메시지를 전달하는 것을 최우선의 목표로 삼고 있거나 명백히 드러난 알레고리를 목적으로 한다고 말하려 하는 게 아님을 밝혀둬야겠다. 그러나 틀림없이 이 시집의 많은 작품들은 우화parable의 형식을 차용하고 있다. 이를 풀자면, 구상적인 동시에 심적인 장면들을 통해 일종의 환영적인 깊이를 만들어내는 작품들이 다수 실려 있다는 말이다. 그리고 여기에는 세 가지 형식이 존재한다.

아이들은
펜스를 짚고 넘어가
좀더 큰 아이들은
펜스를 훌쩍 넘어가
어른들은 점잖게
펜스를 들추고 넘어가
마치 펜스라는 게
치마 속에 있다는 듯이
여기, 나는 펜스에 걸터앉아
모든 걸 넘겨봐

아직도 목초지는 멀고
노래는 혀까지 미치지 못하고

눈썹에 고인 땀방울이

잠깐, 빛을 받아 넘쳐서

먼 지평의 굵은 턱선을 강조하는 시간

아직도 목초지는 멀고

바람이 불 때만 의미를 품는

예민한 솜털처럼

성급한 땀방울 하나

내가 이룬 모든 걸 거꾸로

그늘 속에 드리우고 있어

있지, 목초지는 멀고

아직도 목초지는 멀어

—「울타리의 노래」부분

　　첫번째 형식은 세계를 우화로 만드는 것이다. 표제작인 「울타리의 노래」는 이 시집 전체에 걸쳐 중심이 되는 이미지 하나를 품고 있다. 이 시집에는 쉼 없이 울타리를 뛰어넘어야 하는 이의 운동과 관련된 이미지들이 빈번하게 눈에 띈다. "담장을 넘지 못할 때마다 구두에 정강이를 찍혔고"(「리만의 악어구두」), "어떤 서늘한 발 하나, 내 뒤통수를 밟고 갑니다. 둘, 넷, 후드득…… 나를 건너, 갑니다"(「의자 밀어주던 사람」), "그땐 네가 우릴 건너뛴 게 아니라 우리가 널 눈감아준 거다"(「터널 끝의 소리굽쇠 1」) 같은 대목이 대표적인 예가 될 것이다. 시집 곳곳에 산재한 이와 같은 구절들은 두 가지 효과를 발휘한다. 첫째, 경계를 넘는 것 자체가 삶의 근본 조건인 것처럼 여기는 독서로 독자를 이끈다. 둘째, 뛰어넘지 않으면 누군가 나를 뛰어넘고야 말 것 같은 불안을 시집의 지배적 정서로 여기게 만든다. 그리고 이런 양상은 「울타리의 노래」 같은 작품에 단적으로 드러난다.

이 시의 배음背音을 이루는 것은 계속해서 반복되는 "아직도 목초지는 멀고"라는 구절이다. 이 구절을, "노래도 새들도 떠난 둥지에는/느긋한 노을 한 줌/내가 이루지 못한 모든 걸/금빛으로 물들이고 있어"라는 구절과 나란히 놓으면 건초지와 목초지가 심리적 지표들을 우화적으로 공간화하고 있음이 확연해진다. 그런 의미에서 울타리는 연락의 표지라기보다는 경계의 표지라고 할 수 있다. 이 시의 발화자 '나'는 거듭해서 펜스를 넘어가는 아이들과 대수롭지 않게 이를 개괄하는 어른들 사이에서 펜스에 걸터앉아 있다. 저 쉼 없는 월담에 동참하지도 않고 그렇다고 이 운동의 규칙을 제정하는 위치에서 이를 개괄하지도 않으면서 펜스에 걸터앉은 이 시적 주체를 눈여겨볼 필요가 있다.

　　나는
　　여기, 기다란 그림자 되어

펜스를 넘어서는데

──「울타리의 노래」 부분

울타리를 넘어가며 그림자가 길어지는 시간, 그것이 세계를 우화로 만드는 이의 시간이다. 따라서 이 시집에 실린 시들은 울타리의 노래이면서 동시에 그림자의 노래다. 울타리에 걸터앉아 운동을 보는 자……의 그림자가 길이를 변주하는 리듬……에 엮인 것이 바로 그림자의 노래다.

두번째 형식은 스스로의 삶을 우화로 만드는 것이다. 이것은 때로 일화anecdote의 형식을 취한다.

(1)
머리맡의 텅 빈 책장이 말하길,
베개는 불능의 거푸집
새벽마다 손잡이가 없는 대가리를 권한다

어제는 무딘 도끼날을 권했다

나는 비 오는 학교
넓은 나무둥치에서 돋아난 새싹
연둣빛 감도는 누런 떡잎이었다

곰곰 솜털 어린 이파리를 갸웃거리며
내 불능의 등고선 너머
운동장 흙탕물 줄기를
숨겨둔 발갈퀴 보듯
내려다보았다

그늘은 누워서 담장을 세우고
수척한 그림자 헛배가 불러가고

머뭇거리는 흰 그림자들 타일러 나는
담장에 발톱이 돋기 전에 나를
지나가 어서, 지나가……

차라리 담장인 것처럼 나는
뒷장 빼곡히 붉거진 이름들
깨져 나간 벽돌들 독촉하며 나를
넘겨봐, 어서 넘겨봐!
　　　　　　　——「베개는 불능의 거푸집」(p. 64) 부분

(2)
그래, 언제나 베개는 베개를 베개에……
참담해진 대가리가

마침내 녹슨 칼날을 빼물고
품 안의 불능과 입 맞추려 할 때

[……]

그러나 그러나 베개는 베개에 베개를……
베갯속을 내 불능의 씨앗들로 채워 넣어도
새벽은 또다시
내 머리를 허옇게 분갈이하고 떠났다
　　　　　—「베개는 불능의 거푸집」(p. 137) 부분

　이 시집에는 "베개는 불능의 거푸집"이라는 제목의
시가 네 편 실려 있다. 이 작품들은 동명의 제목이 시사
하는 하나의 테마를 변주한 것으로 읽을 수 있으며 또
한 일화적 시 쓰기의 양상과 관계 깊다. 일화란 본래 개
인의 삶을 주제로 삼아 은폐와 누설의 양가적 속성으로
가공한 짧은 이야기이다. 공식적으로 기록되는 일대기
와는 달리 공개되지 않은 내밀한 이야기들을 통해 인물
의 개성을 드러내는 것이 바로 일화적 글쓰기이다. 그렇
기 때문에 세상과의 불화와 출사의 욕망이 교차하는 흉
중을 의미화하는 데 제격인 것이 곧 일화적 형식의 시
쓰기라고 할 수 있다. 일종의 간접화의 소산이기 때문
이다. 이를테면 인용(1)의 바로 다음에 이어지는 대목에

적시된 양가적 태도 즉, "세상과의 멱살잡이"와 "세상과의 악수"를 동시에 지시하는 흥미로운 방식이 일화적 글쓰기라는 것이다. 실제로 인용(1)과 인용(2)에서는 내밀함과 태연함이 교차하는 독백이 주를 이루고 있다. 우리는 (1)과 (2)를 읽으면서 매일 태어나는 불능과 더불어 일상을 살아가는 이의 외침과 속삭임을 동시에 들을 수 있다. "불능의 씨앗들"로 채워진 베개는 "연두빛 감도는 누런 떡잎"과 같이 모든 가능성을 품고 있던 한 시절의 생기와 거기서 귀결을 알지 못하고 가늠하던 불능들, 그리고 모든 새벽에 다시 차오르는 한계들을 동시적으로 지시한다. "지나가 어서, 지나가……"와 "넘겨봐, 어서 넘겨봐!"는 불능이 환기하는 쌍생아적 욕망을 발화하는 것이 아닐 수 없다.

우화와 관련된 세번째 형식은 내면의 심리 상태를 우화적 공간으로 산출하는 것이다.

(1)
내 머리가 첨탑에 내걸린다. 날 선 시곗바늘이 내 눈을 깎아낸다. 밀어내며 무너지는 목소리. 당신은 피뢰침의 둥지, 폐허를 점지하는 알이었소. 더는 품어줄 수 없소. 굴뚝으로 가시오.
[……]

어림없지요. 그는 세차게 발을 구르며 말했다. 나는 당신이 딛고 있는 것의 천장을 딛고 있소. 아시겠소? 우리를 밝히려면, 당신이 흔들리지 않으려 쥐고 있는 것에 스스로 매달려야 할 거요. 아시겠소? 아시겠소? 그는 그의 커다란 귀를 나에게 뒤집어씌우고 캄캄하게 캄캄하게, 발을 구르기 시작했다.

댕강

댕강

댕강

—「만종」 부분

(2)

군상 안에서 누군가가 나를 알아차린다. 군상 밖으로 나를 끌어낸다. 아냐, 이렇게는 아냐! 나를 끌어내리고 의자를 부수기 시작한다. 그는 누구인가? 다른 군상들이 몰려들어 뜻밖의 공터를 열어준다. 그들은 어떻게 나를 알아보는가?

[……]

공터가 기울어진다. 나는 가까스로 손을 뻗어 그를 만류한다. 건너편에서 거대한 손이 솟아난다. 가로수들에서 새들이 떼로 날아오른다. 멈춰, 멈추라고! 그는 나의 멱살을 잡아 공중에 띄운다. 공중의 새 떼가 태양을 그러쥐고 저 편으로 활강한다.

이편의 공터를 메우기 시작한다. 그는 나를 둘러업고 내 달리기 시작한다. 흉상의 활시위가 팽팽히 당겨지기 시작 한다. 군상들과 가로수들이 일제히 한 점을 향해 당겨지기 시작한다. 거대한 손가락이 공터의 한 귀퉁이를 잡고 빠르 게 넘기기 시작한다. 그의 앙상한 다리가 내 두꺼운 그림 자 위를 내달리는 속도로

밤은 적중한다.

— 「의자 넘겨주는 사람」 부분

인용된 두 작품은 공히 구상적이지만 실제적이라고 하기는 어렵다. 물론 모든 문학 작품은 저마다 고유한 내적 실재를 지니고 있다는 의미에서 실재적이라고 할 수는 있겠다. 들뢰즈의 용어를 사용해보자면 이른바 객 관적 실재에 대해 확신하기는 어렵지만 형식적 실재는 존재하기 마련이기 때문이다. 이런 방식으로 실재성이 시 속에 환기되는 양상은 '동화연산장치'라거나 엽편소 설 형식의 시 쓰기라는 설명을 얻은 윗세대 시인들의 시 에서 본격적으로 주목을 받은 바 있다. 바로 그런 의미 에서 이 글의 도입부에 설명한 '차용' 개념을 적극적으 로 생각해볼 수 있다. 한 세대 앞선 시인들의 우화적 시 쓰기 양식이 감각에 의해 촉지된, 현실의 또 다른 부면

을 그려내는 방향으로 정향되었다면 이설빈 시인이 이 양식을 '차용'하여 실재를 환기하는 양상은 내면의 심적 사태에 정서적 맥락을 부여하는 쪽으로 변용되어 있다. 전자가 새로운 감각을 통해 기지의 세계를 새롭게 읽어내는 수용의 태도와 관계 깊다면 이설빈의 방식은, 특히 이 세번째 우화 양식은 표현의 문제와 관계 깊다. 명료한 인식 대상이 되지 않는 내적 상태를 표현에 의해, 그리고 표현됨으로써만 발화자 스스로 일람할 수 있게 된다는 의미에서 이것은 재귀적 표현 양태라고 할 수 있을 것이다. 시를 보자.

7연으로 구성된 「만종」에서 5연까지의 각 연의 첫머리만을 모아서 재구성하면 아래와 같다.

내 머리가 첨탑에 내걸린다.

내 코가 굴뚝을 막아선다.

내 혀는 비좁은 나선계단을 구르고 굴리다, 내려오던 천장과 부딪힌다.

목소리는 내 입에 손전등을 물리고 나를 바닥 아래로 아래로, 가라앉히기 시작했다.

내 탯줄은 도화선이오. 다시금 사방으로 타들어가며 중
얼거리고 있지요.

이 재구성이 보여주는 바는 이 시의 모든 부면이 온전
히 발화자 자신을 표현하는 데 집중되어 있다는 사실이
다. 그리고 이 발화의 비켜선 청자인 '그'는 관계적으로
'나'의 정체성을 구성한다. 즉, 이 일화는 청자인 '그'를
통해서 '나'의 내면을 재구성하는 이야기라는 것이다.
종탑의 곳곳을 '나'의 기관에 빗대어 전개된 일화가 종
국에 전달하는 것은 어떤 정황과 그로부터 비롯된 정동
이다. 타자와의 관계 속에서 갱신을 꿈꾸는 모든 열망의
싹들이 여지없이 잘려 나가는 결말은 불안의 페이지에
권태 대신 좌절의 내력을 기입한다.
　　인용(2)의 「의자 넘겨주는 사람」 역시 비슷한 방식으
로 구성된 일화라고 할 수 있다. 이 시에서의 공터의 기
능은 인용(1)에서의 첨탑의 기능과 같다. 심리적 현실을
극화하는 공간이라는 의미에서 그렇다. 두 가지 이미지
에 주목할 필요가 있는데 이와 관련하여 다음 시를 「의
자 넘겨주는 사람」의 메타시로 간주할 수 있다.

　　벨이 눌리고 문이 열리고 의자 앉기 게임이 시작되면
　　누가 앉을까 누굴 걸고넘어질까, 나보다 오래된
　　내 그림자를 앉혀드리자 배부른 엄마 그림자만큼 더 오

래된

[……]

비참은 어디서 오는 걸까 [……]
──내릴 곳을 지나
버스는 이미 반환점을 돌고 있는데, 나는
앉거나 서지도 자거나 깨지도 않고 기울어져

(어렵고 가렵고
두렵고 마렵고?)

[……]
나가떨어진 바닥에서 무겁고 무덥고 느리게
기어 바뀌는 소리──돌멩이와 흙과 피와 뼈와 똥으로
동굴벽화 새기는 소리
「상처 입은 들소」에 드리워진
보다 분명한 창槍의 그림자
보다 두터운 기억의 퇴적층에서
보다 깊은 악에 받친
                    ──「햄스터 철창 갉는 소리」 부분

「의자 넘겨주는 사람」과 나란히 읽을 수 있는 「햄스터 철창 갉는 소리」에서 공통적으로 눈에 띄는 중심적 이미지는 "의자 앉기 게임"과 '기울기'이다. 벽화 속 들소에게 박힌 "창의 그림자", 태곳적부터 있어온 것처럼 느껴지는 이 오래된 불화의 연속이 "의자 앉기 게임"의 룰이다. 그러니까 「햄스터 철창 갉는 소리」가 정황의 스케치라면 「의자 넘겨주는 사람」은 그 스케치가 내면에 현상할 때 비로소 드러나는 네거티브 필름이다. 그리고 무엇보다도 흥미로운 것은 두 시에 공통적으로 나타나는 기욺의 이미지이다. "공터가 기울어진다" "나는/앉거나 서지도 자거나 깨지도 않고 기울어져"라는 표현은 결국 모든 문제가 삶의 평형감각에 결부되어 있음을 단적으로 보여주고 있다. *"어렵고 가렵고/두렵고 마렵고?"*는 앉거나 서거나 자거나 깨어 있는 상태의 심리적 운동을 표현한 말이되, 모두 기울기의 심리적 변인들이라고 할 수 있다. 이 시집의 중심 이미지는 결국 기울기다.

3. 불안의 기울기

그러고 보니 다음과 같은 표현들이 시집 곳곳에서 눈에 띈다.

우린 벼락 맞는 나무의/가장 위태로운 가지 같아

―「기린의 문」 부분

더는 내 절망이 갈아탈 이름이 없다
―「두번째 기도의 환승역」 부분

반전은 없다
―「세번째 화분의 햇빛도둑」 부분

이리저리 끌려다녔지 결국/내 덜떨어진 생의 균형추는
이렇게/나를 까부수고 있지
―「레킹 볼」 부분

추락하는 꿈의 헛된 발길질처럼/빛은 곧 사나워진다,
―「나무의 베개」 부분

아마도 더 많은 예를 들 수 있겠지만 이 시집의 주된
정동이 불안에 가깝다는 것을 보여주기에는 이 정도로
도 충분할 것이다. 다음과 같은 시는 그 양상을 단적으
로 드러낸다.

처음으로
누군가 말했다

여길 봐, 우리가 무얼 딛고 서 있는지

커다란 바위가 있고 작은 돌들이 있어

커다란 바위 둘레를 맴돌면서

어떻게든, 옮길 생각을 하면서

우리는 죽을 때까지 함께일 수 있다

그러나 작은 돌들을 걷어차면서

어쨌든, 치워버릴 생각을 하면서

우리는 너 나 할 것 없이

두 손 다 썼다고 여기면 먼저 떠나는 거다

아마 죽을 때까지 어긋나겠지

[······]

처음으로부터

윙윙거리며 공명한다······ 벌 떼가 비상하는 꿈······ 낡은 선풍기······ 말벌이 되는 꿈······ 라디에이터······ 벌 떼가 덮치는 말벌이 되는 꿈······ 물이 새는 보일러······ 내 꿈이 너의 꿈에 침수되는 꿈······ 따뜻해······

힘껏 감아 던진 고무동력기

힘줄 끊어지는 소리, 귀가 기울어진다

수평이 무너진다 내가 딛고 있던

매듭이 끊어진다

—「불안의 탄생석」 부분

"불안의 탄생석"이라는 제목이 붙은 이 시는 여러 의미에서 이 시집의 또 다른 표제작이 될 수 있는 작품이다. 우선, 인용된 부분에 "기울어진다" "수평이 무너진다"와 같은 표현이 다시 등장하고 있음을 확인해두자. 수평이 무너지는 것, 기울어짐에 대한 예민한 감각은, 신체의 한 상태로부터 다른 상태로의 이행에 대한 지각과 그것의 관념으로서의 정동과 관계 깊다. 이렇게 말해볼 수 있을 것이다. 이 시집은 수평의 균형 감각과 평정 상태가 무너지는 계기와 양상을 우화로서 펼쳐놓은, 즉 불안의 정동이 중심에 놓인 시집이다. 인용된 시에 그 전모가 잘 드러나 있다. 이 시에는 굵은 활자로 표시된, 일종의 부제들이 제시되어 있다. 그 부제들은 다음과 같다: 처음으로, 첫번째, 처음에 덧붙이며, 처음인 것처럼, 처음에는, 다시 처음에 덧붙이며, 언제나 처음인 것처럼, 처음으로부터, 또다시 처음에 덧붙이며, 처음이 어려운 것이다, 처음으로 올려본다.

들뢰즈에 의하면 정동은 본래 비표상적 관념과 관계 깊다. 다시 말해 객관적 실재가 명료하게 주어지지 않은 상태에서 형성되는 감각의 잉여와 깊이 결부된다는 것이다. 이 시집이 우화의 형식을 띠고 있는 것은 그런 맥락과 동떨어진 것이 아니다. 우화parable란 본래 직접적으로 명료하게 지시하는 대신 그와 동등하게 교환될 만

한para 대상을 환기시키기 위한 장치이기 때문이다. 앞서 살펴본 것처럼 이 시집에 실린 시들은 불안의 정동을 환기시키고 그 정황을 맥락화한다. 「불안의 탄생석」은 '처음'과 관련된 이미지들을 우화적으로 병치시키고 있다. 그렇게 구성된 이미지 서사 안에는, '처음'의 '따뜻한' 기억과 '처음'으로부터 멀어져가는 불안과 '처음'을 회복하고 싶은 열망이 동시적으로 펼쳐져 있다고 할 수 있다. 불안과 쌍생아로 태어났다는 한 철학자의 말을 시의 제목과 더불어 떠올려보자면, 모든 불안은 처음의 불안이라고 고쳐 말할 수 있다. 처음의 탄생석이 불안이고 불안의 탄생석이 처음인 것이다. 그러니 이 시집은 집요하게 하나의 정동에 정향되어 있다.

그런데 바로 이 지점에 이설빈 시인의 개성이 자리 잡는다. 기울어짐에 대한 예민한 감각, 즉 불안을, 직정적으로 토로하는 대신 정동적 정황을 통해 독자의 편에 인계함으로써, 공감에 호소하기보다는 독자로 하여금 각자 자신의 불안을 계량해보게 하는 것이다.

고개를 들면 밤의 해바라기밭, 검은 씨앗들의 방언이 빼곡하다 머리카락처럼 살아 있는 뿌리는 그보다 월등한 시체를 향하지 밤이 오면, 우리는 더욱 현명해지리라 밤 아닌 것들과 함께

번뜩이던 창문에는 얼마간 다른 빛이 깃들어 자신이 헤쳐 지나온 건초지, 불길에 사로잡히는 울타리를 바라본다 하나, 둘……

메시지가 닿을 즈음이면 그곳에도 사막의 사인이 젖어들겠지요 이곳에는 별들이 많아요 그리고 암흑보다도 짙습니다 여기서 우리는, 씨앗보다는 흙을 기르는 존재에 가깝습니다

—「전조」전문

이 시는 전달하지 않고 씨를 놓는다. 아니 시의 문맥을 참조해 다시 말해보자면, 불안의 씨를 심는 게 아니고 불안의 양생을 양생한다. 불안의 전달과 확산이 아니라 불안의 양생을 양생하는 것은 엄연히 존재하는 불안을 부정하거나 낙관으로 쉽게 대체하는 정신 승리 대신 불안을 기억하라는 것에 가깝다. 죽음을 예비하는 검은 씨앗들을 떠올리고 불길에 사로잡힌 건초지 쪽으로 고개를 돌리게 하는 것이 불안의 전조라면, 씨앗이 아니라 흙을 양생하는 것은 전조에 대응하는 마음의 태세 전환에 가깝다. 그리고 그것은 정확히 불안을 기억하라는 명제에 대응한다. 태세 전환이 양생하는 이 기억이, 거의 유일하게 이 시집의 지배적 정동과 상반되는 쪽으로 정향된 다음과 같은 시를 가능하게 한다. 이 역설의 공간, 거기가

이 시인의 로두스다. 그곳의 울타리에서 뛰어라! ▨

모닥불의 손바닥이 피워 올린 사랑이

우리를 벗어나 뉘우치는 불빛

가장 가까이 퍼덕일 때

나를 몰아세운 파도와

파도의 무수한 벼랑을

기꺼이 잊게 할 때

나는 너의 절망이 되고

너는 절망이 삼킨

나의 비겁이 되고

나의 비겁이 되고

우리를 비집고

터져 나오는 난폭한 중심을

우리가 심장보다 깊숙한 뒤에서

단단히 움켜쥘 때 나는

너라는 진앙을 끓어 넘쳐

우리를 안는다

──「끌어안는 손」 부분